告白×共創

コクリの時間

じぶん
≒
あなた

- DESIGN YOUR TIME. -

あなたには、心に秘めた忘れられない物語がありますか。
あなたには、その物語に涙する心のゆとりがありますか。

これから始まる12の「時」の物語には
それぞれの人の〝自分〟物語が綴られています。

それは、偶然乗り合わせた電車で
偶然となりに座ったあの人の物語かもしれません。

それは、忘れていた
あなた自身の物語かもしれません。

重なり合うことのないそれぞれの人の〝自分〟物語が
インターネットのなかで巡り逢い
新たな物語を生み出す。

それはまるで筋書きのあるひとつの物語となることが
決まっていたかのように――。

きっとあなたは
あたりまえに過ぎてゆく日常という名の「時」のなかに
こんなにもリアルな感動が溢れていることに気づくはずです。

だからこの物語を
〝自分〟物語を忘れてしまった〝あなた〟に捧げます。

目次

1時

触れ合った瞬間にすべてが変わった。
過去も未来も。
人生のなかでこんな素敵な「時」は、
そう数あるものではない。

触れ合った瞬間にすべてが変わった。過去も未来も。

触れ合った瞬間にすべてが変わった。
過去も未来も。
人生のなかでこんな素敵な「時」は、そう数あるものではない。

彼女へ
　君といれば、一瞬一秒も愛しく感じる。
　そんな君を、一生大切にしたい。

クリーチェ（24歳／男性）

生まれて初めてラブレターを渡したのは、あの文化祭が終わった翌日の「あの廊下の片隅」だった。

その瞬間は間違いなく一生忘れない。あのときの彼女の輝くような笑顔も。

その瞬間はあっという間だったのに、なぜ今もその光景が脳裏に焼きついて離れないのだろうか。

人間の記憶ってとっても不思議。その思い出はその彼女とお付き合いすることができなかったからこそ、苦い青春の一ページとして、「大事にしまっておけよ」ってもう一人の自分が語りかけてくることがある。

私は現在・過去・未来をつなぐその「瞬間」とともに生きているのだ。

湯亜対無（41歳／男性）

触れ合った瞬間にすべてが変わった。過去も未来も。

中学一年生の時、同じクラスの仲の良かった男の子にいっしょに帰ろうと誘われても遊びに行こうと誘われても行ったことがなかった。恥ずかしかったから。

二年生になってクラスが離れて徐々に話すこともなくなった。話せなくなってから好きだったということに気づいた。いつもいっしょに笑いあってたあの時にもっといっしょに遊んでたら……、彼の誘いにのってたら……と後悔した。すごく楽しかったあの時に意地になって全部拒否していた自分に後悔した。話すこともなくなって、卒業式になった。

卒業式、二年間話さなくなっていた彼に勇気をだしてアルバムに寄せ書きをしてもらった。ニコっと笑いながら「バイバイ」と書かれたアルバムを渡された。彼がいなくなったあと涙があふれてとまらなかった。もしあの時こうしれいれば……もしあの時告白していれば……後悔ばっかりだった二年間だったけど最後に忘れられない時間をもらった。

その後、彼の行方はわからない。高校も途中でやめてしまった。もうきっと会うことはない人。でも、今でもそのアルバムの「バイバイ」の文字のなかに、あの瞬間の彼の笑顔がつまっている。
忘れられない「時」。

川村へ
今笑えてますか？　今幸せですか？　どこにいるのか分からないけど、きっとどこかで幸せに暮らしていてほしい。

ゴブ（23歳／女性）

初めて好きな人に「好き」って言えた
瞬間、時間が止まったような感覚でした。

沙織へ
新しい命が芽生えた瞬間をいつまでも
忘れないでいよう。

tamu（31歳／男性）

初恋の人と25年たってはじめて手をつ
ないで歩いた。

時はみんな同じように流れてるんだよ、
少し立ち止まってまわりを見て。

nyao（37歳／女性）

触れ合った瞬間にすべてが変わった。過去も未来も。

交わることのない二人の「時」。
それが長いあいだ続いていた父との関係だった。
しかし、将来を決める人生の大きな岐路に立った「時」、
交わることのなかった二人の「時」が、不思議と重なった。
自分の就職活動と父の定年退職である。

夢を追うか、あきらめるか。

その「時」、父は人生の決断をする一言を語ってくれた。
「父さんは夢をあきらめた。夢を実現させる自信があるなら、夢を絶対にあきらめてはいけない」と。

今の会社で、どんなに大きな壁にぶつかっても前向きに突っ走ることができるのは父の一言があったからだ。

二人の「時」が交わったとき、そして、人生の決断をした「時」、私は心に固く誓った。
どんなことがあっても夢を実現するまでは絶対にあきらめないと。

父へ
あなたから頂いた言葉があったからこそ、今の自分はあります。これからは最高の「時」が迎えられるように、新しい夢を追ってください。

Ｒ・ｉｃｋ（23歳／男性）

触れ合った瞬間にすべてが変わった。過去も未来も。

私は15歳の時、ニュージーランドへ一年間留学することになりました。場所はインバーカーギルという名の最南端の町。そこでホームステイしながらハイスクールへ一年間通うのです。ホストファミリーと初めて会う時は胸は期待でいっぱいでした。しかし数日いっしょに暮らして気づきました。そこのホストマザーはとても厳しい人でそのころズボラな私とは全然ソリが合わなかったのです。ことあるごとに怒られました。

「部屋はいつも綺麗にしろ」だの、「好き嫌いはするな」だの、「もっと英語を勉強しろ」だの……。私も若さゆえにつたない英語で反抗していました。内心うっとうしく思えたし、「早く日本へ帰りたい」と思っていました。

そんな調子で一年が過ぎようやく帰国の日になりました。

空港までホストファミリーやハイスクールの先生や現地で出来た友だちが見送りに来てくれました。一人ずつ握手をしていき最後にホストマザーの前に立ちました。今まで喧嘩ばかりだったけど一年間世話をしてもらった身でもあるので「今までありがとう」を伝えようと思いました。

しかしその瞬間ホストマザーが涙を流しながら私に抱きついてきたのです。その時、時間が止まりました。思いもよらない行動に私は驚きました。急にホストマザーが愛おしく思えて、感謝の気持ちで胸がいっぱいになりました。たかが数秒間ではあったけれど、その数秒で一年間が私の宝物になりました。

ウエリーへ

意味のない時間などない。一秒一秒しっかり生きてほしい。

SEKI（22歳／男性）

触れ合った瞬間にすべてが変わった。過去も未来も。

ハービー・山口（写真家）

第一話　瞳の奥

一生心に残る一秒というものが時にあるものだ。僕が20歳の時だった。

写真を始めて5年が過ぎ、つねに人の心を優しくさせる写真が撮りたかった。しかし、20歳の僕には具体的に何を撮ったら良いのかわからなかった。

とある日曜日、自宅近くの公園でバレーボールをしている少女二人にカメラを向けた。

近くに寄ったり、遠のいたり、彼女たちの姿を追った。

次の瞬間、一人の少女が「あっ」と短く叫んだ。

ボールが僕の方に飛んできて危うくぶつかりそうになったのだ。

ボールは僕をかすめて地面に転がった。

そのとき僕はボールを打った少女の瞳に釘づけになっていた。
「あー、ぶつかったら痛そう、どうしよう！　ごめんなさい!!　当たらないで……」
人を思いやる、優しさ、慈しみ、謙虚さ……僕はその一瞬、彼女の瞳の奥に人間が持ちうる美しさのすべてを見た思いがした。
そうだ、この瞳だ。この瞳を一生僕はいろいろな国へ旅して撮りつづけよう。

第二話　ミシシッピの夜空

ハービー・山口（写真家）

歌手の山崎まさよしさんとアメリカ、ミシシッピ沿岸を旅したことがある。

僕にも彼にとっても初めてのこの地方への旅だった。

ブルース発祥の地。ロバート・ジョンソンの故郷。地平線まで拡がる綿花畑。

それは僕たちにとって興味の尽きない刺激的な旅だった。


ジュークジョイントと呼ばれる黒人のための飲み屋に行った。

ジュークジョイントは、黒人の労働者たちが一日の終わりを楽しむ、唯一の憩いの場として、かつてこの地方に多数あったが、今では数えるほどしか残っていない。

森の奥深くに僕たちの訪れたジュークジョイントはあった。

赤や緑の原色に塗られた壁、薄暗い照明、ビリヤード。

たくさんの黒人たちが酒を飲み、思い思いの時間を過ごしていた。

午前零時を回ったころだろうか。

僕と山崎さんは建物の外に出てみた。森のなかはほの明るかった。

車のボンネットに座り、僕たちは空を見上げた。予想もしなかった。天空には暗闇を埋め尽くす無数の星が光り輝いていたのだった。そして僕たちは森の地平へ視線を落とし、さらに驚く光景を見た。

星と同じ数の螢が舞っていたのだ。

なんと幻想的な光景だったろうか。

一秒間の沈黙があった。

山崎さんは静かに口を開いた。

「スターってこんなにきれいで初めてスターなんだね。だから人々がスターに憧れる気持ちも分かるし、僕は決してこんなに輝いてはいないね……」

夢のような光景のなかで僕は初めて彼との連帯感を感じた。それは、写真家として、また人間として、地球の美しさを再認識し、強く生きたいと願った忘れえぬ瞬間だった。

第二話　一秒間のタイムラグ

ハービー・山口（写真家）

仕事柄、僕は今をときめくスターたちを撮影する機会に恵まれることが多い。
これまでに内外の多くのスターたちが僕のカメラの前に立ち止まった。
彼らがスターであればあるほど、彼らは撮られ方を知っていた。

彼らは撮影のための、いわばよそ行きの顔を持っていた。
それを撮るのもひとつの方法だろう。

だが、僕は彼らのそうした表情にはあまり興味がなかった。
たとえばパンクロックのヒーローを撮るときでも、彼らの演出する険しい表情には関心がなかった。

僕はむしろ、ふと若者の素顔に戻った一瞬に、シャッターを切っていた。

彼らの演出した表情の一秒後が、僕のシャッターチャンスだった。


僕の写真を見た多くの人が言う。

「みんな優しい顔をしている」

そうした写真を撮る秘訣は、一秒のタイムラグだ。


「決め」の表情から一秒後。

その時こそが、スターたちが素の人格を見せる、僕にとって最高の、素敵で優しい瞬間なのだ。

触れ合った瞬間にすべてが変わった。過去も未来も。

第四話　一瞬の陽射し

ハービー・山口（写真家）

24歳だった。

日本を離れて四カ月が経った。

僕はロンドンの南、黒人が多く住むブリクストンという街に住んでいた。

薄暗い冬だった。

巨大なマーケットには黒人の若者がたむろし、いかにも安っぽいスピーカーから大音量の音楽が流れていた。今思えばそれはレゲエだった。

僕の住んでいた部屋のすぐ裏手が小学校の校庭で、毎日子供たちのはしゃぐ声が響き渡っていた。

寂しい海外生活、暗く貧乏な街、そのなかで子供たちの元気な声が唯一僕の救いだった。

翌週、思いきって小学校に行き、校長先生に面会した。

「子供たちの写真を撮らせてください」

校長先生は、すぐに許可を与えてくれた。

毎日通った。

ある日の昼休み、かねてから僕の憧れていた長い金髪の若い女性の先生がグラウンドに出て来た。数人の子供たちが彼女に駆け寄ってまとわりついた。

次の一瞬、雲間から陽が差し、風に揺れた髪がまぶしく輝いた。僕の心は踊った。
まさにこの清楚な美しさを撮りたかったのだと直感した。
僕の理想の被写体が、ファインダーのなかに拡がっていた。
ロンドンに住んで良かった、と思った。
そして写真家に一歩近づけたと確信した瞬間だった。

触れ合った瞬間にすべてが変わった。過去も未来も。

ハービー・山口（写真家）

第五話　あの時、厳寒のヨーロッパで

１９８９年、ベルリンの壁が崩れ、東欧諸国が相次いで民主化した。

僕が初めて東ヨーロッパに足を踏み入れたのは、１９８０年初頭のことだった。日本のロックバンドが西ベルリンのスタジオで録音をするのに同行した僕は、ある日、バンドのメンバーと連れ立って、半日だけ東ベルリンを訪れたのだ。

広告のまったくない地味な街並み。世界を思いのまま旅することを許されない不自由。驚くほど品数の限られたショーウインドウ。見るものすべてが僕たちにとって不思議だった。

チェックポイント・チャーリーと呼ばれる国境の検問所の前に、毎日プラカードを持って佇んでいる若い娘がいた。

「東側で投獄されてる私の父を助けて！」そうプラカードには書かれていた。

以来、その若い娘の一途な顔が忘れられなかった。

僕は1989年の11月、ベルリンの壁が崩れつつあるその地に再び向かった。人々が新しい時代と、自由を実感していた。翌日プラハに着いた。なんとその日、チェコには新体制が誕生したのだ。ホテルの七階のベランダから数十万人もの集結した市民が見おろせた。

零下を示す厳寒のなかにもかかわらず、自由を叫ぶ人々の心は熱く燃え、その熱気がうねる波のように僕に押し寄せてきた。

歴史的一瞬。ファインダーのなかの顔は生きている喜びに満ち溢れ、僕はこの国の幸せを祈りながらシャッターを切りつづけた。

触れ合った瞬間にすべてが変わった。過去も未来も。

いつも20人程度はいる講義。しかし、その日は私とあの人しかその教室にはいませんでした。あとから知ったのですが、その講義は当日に休講が決まったらしかった。何も知らない私たちは、日頃「おはよう」としか言わないのに、90分間ずっと話していました。
「遅いねぇ」とか「休講かなぁ」という話から、お互いの友人関係や地元の話……普段なら休講が決まると30分で帰るのに、その時は話していたくて、ずっと話していました。
今ではまた「おはよう」としか言わないのですが、あの時の90分間は二人だけの秘密の時間であり、忘れられない、と思います。

リョウくんへ
またいつか語り明かしたいね。今度はお互いの夢について話そうね。

レオ（19歳／女性）

高校生時代、交際していた二つ年下の女性と卒業後も時々会っていたが、だんだん疎遠になりその後には20年顔をあわせることもなかった。ある神社のお参りに夫婦で行ったとき、向こうから降りてきた家族連れのなかにその彼女がいた。目と目は合わなかったけど、時の流れを感じた。多分お互いに……。

桂子へ

僕が今の家族を守っているように、君も君の家族を大事に支えてください。

チャロ（46歳／男性）

私が独身時代、毎朝6時半に目覚ましをかけていたんですが、その数分前になると「おはよー起きた？」と私の携帯が毎日鳴るようになって。別に寝起きが悪いわけではなかったけれど、毎朝かけてきた彼が今の旦那さまです。

母へ

ひいおばあちゃんになるくらいまで、幸せな時間を過ごしながら長生きしてね。

ＹＵＭＩ（33歳／女性）

触れ合った瞬間にすべてが変わった。過去も未来も。

いつもぶっきらぼうで何事にもすぐ怒ってしまい、相手のことなんておかまいなしだと思っていたそんな人の心のうちを綴ったメモが見つかり涙が止まらなかった。今までいっしょに刻んできた時間は無駄ではなかった。

お養父さん

これからの時間もっといっしょにいろいろ話していこうよ。言葉では伝わらなくてもずっと時を刻んでいこうよ。そして、笑顔で見ていてほしい。

北海道のゆあ（29歳／女性）

家の事情や実らない恋に心底疲れていたとき、私が触れた健ちゃんの大きな手がすべてを包んで守ってくれました。手をつないだのは後にも先にもそのときだけでしたが、そのあとも電話で何時間も私のつたない話やまとまらない気持ちに根気強く耳を傾けてくれたあの時間は、ずっと「一人でも強く生きなければならない」と頑張っていた自分が初めて「弱さ」をさらけ出せた時間でした。
ずっと「ありがとう」が言えなかったので、この場を借りて言わせてください。

お父さんへ
お父さんが家族にどれほどたくさんの愛情を注いでくれていたか、その不器用な愛情表現がわからずに責めつづけてしまった時間は取り戻せません。でも、お互いにこれから積み重ねていく時間はきっと素敵な時間になりますよね。

mado（34歳／女性）

2時

「一言」に要している時間は
一秒にも満たない。
そのわずかな時間で、
自分や相手の人生を
左右してしまうことさえありうる。

「一言」に要している時間は一秒にも満たない。

人の会話スピードというものは、
驚異的なほど速いものである。

自分が話す「一言」に要している時間は一秒にも満たない。
そのわずかな時間で、話し相手を一喜一憂させることがある。

とても短い時間……
何気なく経過している時間ではあるが、
場合によっては
自分や相手の人生を左右してしまうことさえありうる。

短い時間であっても
後悔しないよう過ごしていきたいと思う。

思いやりという

土台のうえになされる会話は
「やさしさ」に満ち溢れてる。
青く澄んだ空の下で、
少しでも長く……身も心も委ねることができるこのときを、
君といっしょに過ごしたい。

RAINBOW（43歳／男性）

「一言」に要している時間は一秒にも満たない。

二年前の夏、私には結婚が決まっていた恋人がいました。

「そろそろいっしょに暮らそうか」

そんな話が出てから半月、「大切な話がある」と言われ、急に呼び出されました。場所はいつもの喫茶店。「実は……」重い空気を引きずりながら恋人は話しはじめました。

「昔付き合っていた人が病気なんだ。もう一年しか生きられない……それまで待っていてなんて、都合のいいことは言えないし、君は強いから一人でも大丈夫だと思うけど……でも……」

私は何も言えず、沈黙のまま。しかし時間は容赦なく、私に答えを要求しているようでした。どれくらい時間が経ったか、私はこう言ったのです。

「そうなの、そうだね。私、大丈夫だよ。仕方ないよね……」と。

強がりは私の性分ですが、本当は本心はそんな言葉で片づくはずもありません。しかし、そう言うしかなかったのです。たぶん、そうすることが相手の幸せだから。

今は時間が経ち、心の重さは半減していますが、このことがあってから、ふと思うことがあるのです。「時」というのは道であり、途中に分岐があり、それを選んでいるのは「自分」だと思っているが、実際は自分以外の誰かに選択されているのでは、私はその時のなかで旅をしているだけなのでは、と。

私の家族へ
いっしょに「この時」を駆け抜けていきましょう。

ミネルバの梟（33歳／女性）

「一言」に要している時間は一秒にも満たない。

好きな人はいつも片思いでした。思い出の彼女とは初めて両思いになりました。双方とも毎日会いたい気持ちでいっぱいでした。一日に四回も会ったこともありました。

一年間が経過し、私の勇気のなさが原因で、彼女との交際は終わりました。

五年後、彼女が結婚することになったのでお祝いをしたときのこと、彼女から
「あなたとの一年間は結婚する彼との五年間と同じ」

と言われました。

とても嬉しかったことを昨日のことのように覚えています。

もっと彼女のことを大切に思っていれば、違う人生が送れたと思います。もう一度彼女に会えたら、今度は勇気を出して本当の心を伝えたいです。

娘に
父さんはこんな思い出があります。
あなたは自分の心を大切に素敵な人生を歩んでください。

yo—oh（53歳／男性）

付き合っていた彼が、私と別れて長く付き合っていた前の彼女のところへ戻る決意をしたときの言葉。

「アイツとは長く付き合ってきたけど、オマエがアイツを超えた瞬間があったんだ。確かにあったんだ。付き合いは長さじゃないってことを知った」

そういう瞬間を彼のなかに残せたのなら、彼と出会えてよかったと思えた。

時の長さではなく時の深さ。

同じことをあなたも感じていてくれたことがわかったから、この思い出を大事にできるよ。

ありがとう。

aki（36歳／女性）

「一言」に要している時間は一秒にも満たない。

そのころ、私は大きな失恋を経験した。

相手は妻子ある人で、もともと辛い恋愛になるのは覚悟のうえだった。

母はその恋が始まる前から
「不倫だけはするな！　人様のものを奪えば、自分もまた誰かから奪われることになる」

と言っていた。

それでも私は母には内緒で隠れてその人との恋愛に走ってしまったのだ。

別れがきたとき、私は母の言葉の重さを感じながら隠れて大泣きした。

その後、その傷からやっと立ち直ったころ、母と夜二人きりになったとき、ポツリと一言。

「お母さんが何も知らないと思ったら大間違いよ。お母さんには何でもお見通しよ。ただ……言わなかっただけ」

母はそう言うと、さっさと寝室に消えていった。

私はただ涙がでた。
私を責めるわけでもなく、黙って見守っていてくれた母の愛を感じた瞬間だった。
きっと母は私を信じて待っててくれてたんだ。
ありがとう……お母さん。

お父さん、お母さんへ
　私の親でいてくれてありがとう。
いつまでも仲良く元気でいてください。

sheeno（43歳／女性）

「一言」に要している時間は一秒にも満たない。

小学校高学年のある日。

今でも忘れません。

毎日いっしょに通学していた友だちと「宇宙人はいる、いない」で、喧嘩になってしまったんです。

彼は小学生というのに理科（科学）と、マンガが大好きで、手塚治さんのようなマンガをたくさん描いていました。


一言でいって、彼とは知識の面で大人と子供くらいの差があったと思います。

当然、私は、宇宙のことなどまったく知らない子供ですから「?·?·?·?·」と強い口調で否定したのを今でも思い出します。


今だったらあんなに否定しないのに、ただただ反省です。

ジャック（49歳／男性）

「一言」に要している時間は一秒にも満たない。

二人の友人と自転車でツーリングに出かけていたとき、直線の道路で三人は、ハイスピードで駆け抜けていた。交差点にさしかかろうとしたとき、ふと一瞬だけ友から声がかかった。そのとき、目の前の交差点から勢いよく飛び出してきたトラック。もし、その友の声、その「時」がなければ私の人生は……。

ジュンキへ
　君が友でなければ、君がその一瞬にいなければ。

シバギ（18歳／男性）

私は小学五年生のころ、親の都合で転校することになった。ついに、その小学校に登校するのもあと一日となったとき、その日がとてつもないはやさで過ぎていった。
その日の夜、一番大切な友だちがわざわざ家に来て「さようなら」と言って走って帰っていった。そのときの友だちの後ろ姿は今でも忘れられない。

大切な友へ
あなたの存在は私にとって最高の宝物です。

謎の時計好き（16歳以下／男性）

「一言」に要している時間は一秒にも満たない。

恋人、生涯の友、今なにをしているか分からない昔の友人、会えないけどいつまでも私のなかの心の支えでいてくれる人。

いろんな出会いがあって今の私ができている。
一人でも欠けたら、たぶん今の私はなかっただろう。

心の支えになっている言葉、傷つけた言葉、傷ついた言葉。
たくさんの言葉で形成されてきた今の私。
言葉を自分の気持ちにインプットするのって一瞬の出来事。
言葉によって気持ちを揺り動かされるのも一瞬の出来事。
一瞬の出来事で喜んだり、悲しんだり、ときには立ち直れないほど落ちこんだり。
そんな言葉を言ってくれる誰かとも、出会いは一瞬の出来事だった。

愛に生きてみたり、友情に生きてみたり、情に生きてみたり。
つねにいろんな愛の形のなかで生きている。

何もかも一瞬の出来事のなかで生まれ、育ち、
そしていつか消えてしまったりもする。

その一時ひとときを、一瞬を、忘れないように大事に生きていたい。
そしてまた新しい時のなかで、新しい私で生きてゆきたい。

hana（25歳／女性）

3時

不思議に、その時計は
父の亡くなった時間に
『時』を止めていた。
あなたが刻めなかった時間を
今、私が歩んでいます。

あなたが、刻めなかった時間を、今、私が歩んでいます。

そのときは、一瞬にしてやってきた。

20年前、夜明け間近に母の叫び声で目を覚ました。

就寝中のはずだった、父の苦しむ声で目を覚ました母がうろたえていた。

「急性くも膜下出血」病院へ運ばれたが、帰宅した父は冷たいままだった。


前日の日曜日の夕方、父は珍しく私を連れて買い物に出た。

夕方に、買い物に出たのは初めてだった。

サッカーシューズを買ってくれるという。私は中学一年生で、サッカー部に入部したばかりだった。

父は、もともと体が不自由なので、我が家は経済的にも良くはなかったが、無理を承知でサッカーシューズを以前からねだっていた。

そんな父が買ってくれるという。「いいか、お前は飽きっぽいけど、シューズを買ってあげるから、ちゃんと続けろよ」と言われた。

父は、自分の「死」を知ってきたのだろう。

父は帰宅して、深夜に珍しく風呂にも入った。

成長期を迎えていた私は、父と風呂に入るのが恥ずかしくなっていて、最近はいっしょに入っていなかった。

今でも、寂しそうな父の表情を覚えている。

父は、自分の「死」を知ってきたのだろう。


綺麗になって「最期」を迎えたかったのだろうか。

今も、私は「なぜあのとき、いっしょにお風呂に入らなかったのだろう」と後悔をしている。

父の葬式、遺品の時計を形見でもらった。「SEIKO 662164」

不思議に、その時計は父の亡くなった時間に「時」を止めていた。

ボタン電池式のクオーツだったが、主のいなくなったのを時計も知っていたのだろうか。


しばらく、そのまま保管していた時計は、三年後、私が高校生になったときに

あなたが、刻めなかった時間を、今、私が歩んでいます。

新たなる時を刻みだした。

「時間」を気にする、年齢に育っていた。それからガラスを研磨したり交換したり、ベルトを交換したりと学生、社会人になって20年経ったが、今もまだ変わらずに私の腕で時を刻んでいる。

もちろん、サッカーも下手だけど今も続けている。

不思議なことに、自転車で事故を起こしそうなときも、自動車で事故を起こしそうなときも、
危ないときはいつも、誰かに助けてもらっているような気がする。
だから、プライベートでもこの時計だけは、いつも肌身離さず持ち歩いている。
「時を止めてくれる」、「時を戻してくれている」そんな感覚がある。

セイコーの広告を見るたびに、「新しい時計がほしい」と思うが、形見は手放せない。形見の時計のように、私の息子に渡せる時計も気になる。

でも、その時がくるまで、しばらくは、私の腕の定位置には、いつもの時計が

時を刻む。

亡き父へ
あなたが、刻めなかった時間を、今、私が歩んでいます。
まだまだ時間がかかるかもしれませんが、
あなたに近づいて、追い越したいです。
そして、息子にも受継いでもらいたいです。

蔵　紀彦（33歳／男性）

あなたが、刻めなかった時間を、今、私が歩んでいます。

映画『駅 STATION』の高倉健は、亡くなった父そのものでした。故人になってから、父の遺品やアマカメぽっぽやとしての深い思いを、そしてその軌跡を追うにつれ、いつかモノクロSL写真集の出版と、命がけで家族を犠牲に大切にしていた時の管理（昨今、鉄道事故の痛ましい事件が起こりましたが）責任を担う時計というものへの凄まじいまでの愛着を、有形の財産にしたいと思っていました。

長野県諏訪市美術館のイベントで、父の遺品とSLの写真は日の目を見ることになりました。寡黙で不器用な父の執念は私の夢枕に出てきて、実家で処分されようとしていた父の時計たちを復活させました。そこではSEIKOの前身であった旧「諏訪精工舎」の現役の技術者の方々（塩尻工場品質管理部）に無理をお願いしてしまいました。

こうしてぽっぽやの時計たちは40年前の命を吹き込まれたのです。

家族には不器用な父でしたが……今、改めて父のことを尊敬しています。言葉にはできませんが……父は生きているんです。

引退して諏訪湖畔公園に展示中の「D51」。父が愛していた雄姿（正面の顔モノクロ）をデザインした時計を、ぜひ乗務員時計タイプで、諏訪市のみならず、全国のSLファンのために製品化してください。子から孫へ時代を超えて受け継いでいってほしい。父の遺品やSL写真は提供いたします。「SL乗務員と乗客の命を預かった時計たち」「ぽっぽやの懐中時計」厳格な仕事を避けてフリーターがいいと言っている今どきの若者に……そして天国の父に。「ぽっぽやの相棒」を……いつか……つくるね。

信州生まれのぽっぽやのむすめ（52歳／女性）

あなたが、刻めなかった時間を、今、私が歩んでいます。

思いがけない……贈りもの。12歳のころに他界した父。20年後に懐かしい動画のなかで再会しました。

他界した父へ
私はもうすぐ、あなたが時を止めた年齢になります。今なら少し、あなたの気持ちが理解できそうです。いつか、いっしょに語れたらいいね。

まいまい（40歳／女性）

私は子供のころは都内に住んでいました。そのせいか田舎への憧れが強く、休みの日となると父にせがんで、野山に遊びに連れて行ってもらうのが大好きでした。

今、父親になって昔のことを振り返りますが、昔は休みといえば週休二日の今と違って、日曜日だけでした。その時代、毎日の残業に追われる父の顔を見るのは朝だけだった気がします。父が残業を終えて帰ってくるころには、私は寝てしまっているからです。そんな忙しい日々を送っていた父は嫌な顔せず、毎週のように私を遊びに連れて行ってくれました。

大切な時間、大切な思い出です。

だからでしょうか、私も毎週のように子供たちと遊ぶのが大好きです。

お父さん
たくさんの思い出をありがとうございます。
退職したら好きなことをいっぱいして、第二の人生を楽しんでくださいね。

かっちゃん（41歳／男性）

あなたが、刻めなかった時間を、今、私が歩んでいます。

時計の修理工の方の話をテレビで見た。
「どんな腕時計でも修理することができます」と自信に満ちた顔で話す修理工。
大切な時とともに代々受け継がれていく腕時計。
まだ見ぬ息子が成人したら自分が過ごした時とともに受け継いでいきたいという思いを込めて腕時計を購入した。

まだ見ぬ息子へ
いつか自信を持って君に受け継げるよう、一瞬一瞬を大切に生きていきます。

もりちゃん（36歳／男性）

長男は小学校から野球を始め、高校も硬式野球部に入り、ただひたすら白球を追う毎日であった。厳しい練習に明け暮れ、はじめは三年間つづくのかと心配していましたが、その心配は無用であったことを、三年生の春の大会で感じとった。

その瞬間、彼はレフトセンター間のライナーにダイビングし、見事キャッチした。彼はこの三年間、この一瞬のプレイを試合で出すために、努力に努力を重ねてきたのだと思うと、思わず目頭が熱くなった。

コウタへ

新たな旅立ちを待っている君へ勇気と希望をもって、これからもがんばってほしい。

父より

kame8me8（50歳／男性）

あなたが、刻めなかった時間を、今、私が歩んでいます。

第一話　野球ファンがくれた贈りもの

栗山英樹（野球解説者）

決して忘れることのできない一秒がある。そうあれは現役最後のシーズン、開幕戦だ。ヤクルトは野村新監督のもと巨人に立ちむかっていた。前年には規定打席に達していた自分に、試合に出るチャンスはなかなか巡ってこなかった。そんな九回同点ながらサヨナラ負けのピンチ一死二塁。外野の守備固めのためベンチが動く。野村監督とコーチ陣が相談する。

「俺の名を呼んでくれ」そう心が叫んだ。その間はまさに一秒、しかしこれほど長く感じたことのない長さ。そして

「栗山、いくぞ！」

少年のころ初めて試合に出たときのような嬉しさで、レフトのポジションに走っていた。

この大チャンスに、この年鳴り物入りで慶応大学からドラフト一位入団した大森選手が代打に送られた。そしてバットを一閃。

打球は左中間へ、打った瞬間、レフトを守っていた自分自身も「抜けた」と感じた。しかし、抜ければサヨナラ、ボールに食らいつくしかなかった。これまで何度もダイビングでボールをキャッチしてきたが、すべて捕れると思って飛んできたが、今回はまったくそう思えなかった。

「今だ、飛べ！」0・01％の可能性に賭けた。頼む入ってくれ！

時間にして一秒、東京ドームの人工芝に叩きつけられた。

その瞬間、確かな手ごたえをグラブに感じた。

喜びよりも驚きだった。よくぞ入ってくれた。この一秒がその後の人生に大きな宝物を与えてくれたのだ。

開幕戦の東京ドーム、もちろんほとんどが巨人ファン、期待の新人のサヨナラヒットで勝ったと思った瞬間、それを横取りするような形で私がキャッチしてしまった。

「ワー」という大歓声が、その瞬間、シーンと静まり返った。

あなたが、刻めなかった時間を、今、私が歩んでいます。

その一秒後、信じられないことに東京ドーム全体が大きな歓声と大拍手に包まれた。涙が出るほど嬉しかった。

野球を始めて何十年、初めての経験だった。対戦相手のファンからも惜しみない拍手をもらったことが。

「野球を続けてきて本当に良かった」とこれほど感じたのは最初で最後だった。

そしてこの経験こそが（この年引退するが）私がファンに野球の本質を伝える仕事をしていくんだと背中を押してくれるものだった。

あの一秒があるから今がある。感謝の気持ちでいっぱいだ。

第二話　親父への想いが詰まった宝物

栗山英樹（野球解説者）

今年、野球を、スポーツをこよなく愛した親父がこの世を去った。少年野球の監督を長く務め、もちろん自分の野球の師であったわけだが、そんな親父と初めてスポーツに触れたのが実は東京オリンピック。英雄のアベベが金メダルを獲得したあのマラソン。都内から甲州街道を下るコースだったが、家族でその沿道に向かったのがその始まり。もちろん三歳の私は母親の背中にいたので、記憶にはないが、このことはよく両親から聞かされていた。

そして、親父がよく口にしたのが教員への夢。小さいころに両親を亡くした父は、幼い妹たちの面倒をみながらの生活のため、その夢を果たすことができなかった。

そんな思いは兄と私に大きな影響を与えた。兄は小学校で教鞭をとり、私も教員を目指した。結果的に野球の道へ進んだが、それでも、引退後は母校をはじめ、非常勤で大学へ通いつづけるのは、そんな親父の思いが影響していたのか

あなたが、刻めなかった時間を、今、私が歩んでいます。

もしれない。

非常勤といえば、一時間、何千円の世界。自分のためとつづけてきたが、そのお金にいっさい手をつけなかった。

昨年、東京オリンピックのクロノグラフの復刻をアレンジしたセイコーの限定モデルが発売された。子供のころの大切な思い出を含め、何とか手に入れたいという思いが強く、理由はいまだにわからないが、その教師としての報酬でと考え購入した。

今思えば、本当によくあのとき、買っておいたと思える。正直40歳を超えた自分にとって、親父の他界は、想像として頭にあった。しかし、実際にいなくなったときのショックの大きさは、想像を絶するものだった。仕事に忙殺されているときはいいのだが、ふと時間ができたり、食事をしていると思い出してしまう。しかし、つねに厳しかった親父、プロに入っても打てないときは、よく電話で文句を言っていたが、妥協を許さない親父の姿を、時計を見るたびに思い出す。

「父の形見の時計なんです」

という話はよくあるが、なにか父が買わせた時計であるように思えてならない。

苦しいとき、辛いとき、この時計を見るたびに、父が叱咤激励してくれると思うと、ほんの少し安堵の気持ちが心に広がる。

親父、頑張るからな！

4時

私のなかで時を刻んでいたあなたが、
今は私の前にいる。
おばあちゃんがそうしてくれたように、
お母さんの時間を
あなたに分けてあげる時がきました。

私の中で時を刻んでいたあなたが、今は私の前にいる。

私のなかで時を刻んでいたあなたが　今は私の前にいる

毎日のごはんと私の時間を食べて
遊んで笑って　転んで泣いて
あなたは大きく強く賢くなっていく
おかあさんには真似できない速さで

もう決心をつけなくちゃね

自分だけのために掴まえてきた　活きのいい時間
握りしめた手をほどいて　その尻尾を水に放って
私は言おう　行きなさい　海までも！

私たち　どこまで行けるかしらね？

おばあちゃんは　海まではちょっと難しそうです
おかあさんはどうかな？　浜辺まで？　ひざくらいまで？
それとも少しは泳げるかな？
あなたは沖まで行っちゃうかもね　なにせおてんば娘だから

あなたの望む遠いところまで行けたら
お日様にむかって跳ねて見せてね
おかあさんにも　よく見えるように

娘へ

おばあちゃんがそうしてくれたように、お母さんの時間をあなたに分けてあげる時がきました。自分が母親になるなんて昔は思いもしなかったけど、お父さんとあなたに出会えて良かったと思ってる。
いつかあなたにその時がくるまで、思う存分泳ぎなさい。素敵な人たちに出会って、大切な時間を重ねて。遠くまで行けるよう、祈ってるからね。

あず（38歳／女性）

私の中で時を刻んでいたあなたが、今は私の前にいる。

二人の子供のお陰で、時間の感じ方はおろか、世界観まで変えられてしまった四年間でした。
一分一秒でどれだけ仕事をこなせるかを勝負する世界で突然の妊娠、そして出産。子育ては、日々単調でありながらも束縛される毎日。時の流れに発狂しそうになったこともありました。
でも今は、子供の時間に合わせることが、人間として一番上等な時の過ごし方と信じてやみません。仕事は時がくれば何かできることがあるでしょう。子供との時間も悪くないですよ。

駿人と迪乃へ
君たちの24時間は、今はすべて母ちゃんのものだけど、成長するにつれて少しずつ手放さなくちゃいけないんだよね。ぎゅっと抱きしめるたびにそんなことを思っています。
早く大きくなあれ。
いっぱい大きくなあれ。

hepo（33歳／女性）

母の味を知らずに育った私が母になり、そして孫を持つ年になり、母が一生懸命育ててくれた気持ちが、今身体のなか全体に感じられるから、同じように一生懸命生きてこられたのだと思い、私を生んでくれたことに感謝。
母のことを考えられることに感謝。

悠へ
　大きな未来に向かって羽ばたき、優しさを大切に日々生きていってね。

p・i―t・i（51歳／女性）

私の中で時を刻んでいたあなたが、今は私の前にいる。

昭和50年。38歳での出産。今でこそあまり珍しくありませんが、当時、38歳という年齢はかなりの高齢出産で、お医者様からは「生まれてくる子供は障害を持つ可能性が高い」と言われ、一人息子がすでにいたこともあり、正直、産むべきかどうか迷っていました。そんな気持ちをまっすぐに親にぶつけたところ、「もし五体満足で生まれてこなかったら、その子はあなたたち親がいなくなって一人になってしまったときに、辛い想いをするかもしれない。だから……もし元気に生まれてこなかったら……私がその子といっしょに心中してあげるから。だから産みなさい」
と言われたのです。

その言葉で出産を決意した母のお腹から、昭和50年8月15日、私はこの世に誕生しました。そんなわたしも今年で30歳。

両親の仕事が忙しかったこともあり、幼いころからおばあちゃん子で、どこに行くのもおばあちゃんといっしょだった私。

怒ると怖くて、親戚じゅう、おばあちゃんに怒られたことがない人はいない、というほど怖かったけれど、それでも大好きだったおばあちゃん。
あなたといっしょにいられたのはたった10年くらいで、若くしてこの世を去ってしまいましたが、私はあなたがいてくれたからこそ、今、こうして幸せな人生を送ることができています。

あの「時」のあなたの言葉がなければ、この世に生を受けることのなかったこの命。

決して器用でもなければ、スマートな生き方でもないわたしですが、このあるはずのなかった「時」をこれからも大切に大切に生きていきます。

おばあちゃんへ
ありがとう。でも、本当はもっともっといっしょにいたかったな。

ひろ（30歳／女性）

私の中で時を刻んでいたあなたが、今は私の前にいる。

14年前、初めての子供を出産。

出産のアクシデントから脳に重い障害が残り、立つこと、歩くこと、喋ることができない、いつ成長が止まるか分からない、と言われた。脳の画像も最悪。何から何まで最悪の時……。


でも、保育器に入っている小さな子供は、必死に生きようと努力をしている。ドクターたちもそれに応えてくれている。

私たちが泣いてばかりではいられない。俄然、張り切る私たち。

いつ出られるかわからない保育器のなかから、搬送後10日ほどで出てきた。たぶん無理だと思われていた自発呼吸もでき、自力で哺乳瓶を吸っていた。いつ退院できるかわからないと言われた我が子は、三週間で退院した。重い障害は残ったが、症例的には口から飲食物が摂れること、排泄を教えること、泣くこと、笑うことなど、できないであろうと言われたすべてをクリアしている。

立ったり歩いたりはできないが、車椅子での移動はできる。時には素敵な出会いがあり、辛く悲しい別れもあったけど、この子のおかげで頑張れた。

不思議な時間を過ごさせてもらっている。体力もついてきて、いろいろなところへ出かけられるようになった。主人が根っからのＦ１好きで「死ぬまでに一度行ってみたいね」と言っていたら、なんとチケットが当たり、子供も連れて鈴鹿で観戦することもできた。

もう四年連続で仲間たちと現地観戦している。この子がいなかったら、そんな仲間もできなかったと思う。学校も養護学校ではあるが素敵な出会いがたくさんある……。

縁あってあなたと出会えたことに感謝します。

ありがとう。これからもよろしく。

ままぺん（41歳／女性）

私の中で時を刻んでいたあなたが、今は私の前にいる。

私の宝もののような「時」は、家族で年に二回ほどの海外旅行。子供が小さいあいだは、日常のあれこれから開放されて、思いきり子供と遊べるのが良かった。
子供が大きくなってからは、普段あまりいっしょにいない家族が、数日間いっしょになって過ごせるのが喜びです。

息子へ
大きくなってお母さんと遊びにいくこともあまりなくなりましたが、アルバムのなかのあなたの笑顔はいつまでも母の宝です。

のり（45歳／女性）

娘の結婚以来、娘と二人で過ごすときが、なくなりました。

娘の最初の子の出産時は、嫁ぎ先のアパートで見守りながらで大変でしたが、
二人目の誕生でようやく里帰り。お産より二カ月も早く長女を連れて。

うれしいけど大変でした。

男の子が生まれ、
私も孫をおぶったりとほんとに大変!!

あっという間に二カ月がたち、パパのお迎え。

車に荷物を積んで、高速の入り口で、車から顔を出すと娘が涙声で……「ありがとう……」今までの疲れがあっという間に吹き飛んで、ちょっぴり涙。

こんなに嬉しい時があるなんて!!

一人しかいない娘に感謝!!

「ありがとう……」

娘へ
あなたが子供を慈しんで大切に育てていることが、とても嬉しい。何よりも子供のことを一番に思って、いろんなことを教えているあなたは、とても輝いています。これからも本を読んだり遊んだり……。楽しいときを過ごしてね!!

みゅ（54歳／女性）

私の中で時を刻んでいたあなたが、今は私の前にいる。

人生のなかでいろいろな時があります。できればいつも楽しい時を過ごしたいと思いますが、世の中、思いどおりいきません。

今、母との別れの時を感じながら時を過ごしています。数日前には肺炎で1週間ほど入院しました。今は、少し歩くだけで息切れをする母を見ると、確実に母の寿命を感じます。

祖母を亡くし、父を亡くし、叔父を亡くしとさまざまな悲しい別れをしてきました。その都度、多くの人のお世話になりました。弱っていく母を見るのは辛いものがあります。でも人生でいつかは通らなくてはならないことです。

「涙を流すたび、人は強く、優しくなっていく」と母は言っていました。悲しみを乗り越えながら、私も随分強くなりました。同時に優しくもなりました。できることなら今も大切な人との別れはきてほしくないと思っています。

苗木が大木になるのは悲しみを乗り越えたときです。大木になって、大事な子供という苗木を守ることが、今度の私に残された人生の課題です。

母へ

思い出という大きな財産をありがとう。
悲しみを乗り越えて強く優しく生きていきます。

apple（57歳／女性）

私の中で時を刻んでいたあなたが、今は私の前にいる。

母が他界するまでの闘病生活は一年にも満たないものでした。母が感じていた自分の限られた命の時間……。

ホスピスで賛美歌を歌ったときには涙が出たと言っていた母。そんななかでも「私のことはいいから、あなたは子供たちを大事に大事に育ててね」と何度も言っていた母。今でもわたしは胸が張り裂けそうです。

時間に限りがあるのなら……わたしは大切に大切に過ごしていきたいと思います。


母へ。

あなたがいたから授かったこの時間。

大切にします。

kyoko（36歳／女性）

私が失恋したときの母との二人旅、最初で最後でした。時は大切なものを奪っていってしまったけれど、いい思い出も残してくれました。

お父さんへ

「誰にも頼らない」と言って、一人で頑張って第二の人生を送っているお父さん。

これからも楽しく生活してくれれば嬉しいです。

まさゆり（40歳／女性）

私の中で時を刻んでいたあなたが、今は私の前にいる。

長年の夢だった、教師という仕事。難関と言われた教員採用試験も、一次試験まで駒を進めることができた。二次試験では、面接や討論が行われた。どちらかというと聞き側のほうが得意な私には、自信がなかった。

いざ、試験がスタート。

そのとき、私の背中に懐かしい雰囲気を感じた。それは、一年前に亡くした母のものだった。

「母さんが応援してくれている」

私は、自信をもって面接や討論に臨み、合格通知を受け取ることができた。

四月から教師五年目がスタートする。あの時、母が応援してくれなかったら、今の自分はないだろうと思っている。

あの「時」は一生の宝ものである。

卒業していくみんなへ

そのままの君で！　いつまでも、ずっと……。

Da·i（26歳／男性）

子供のころたくさんいた家族が、今では両親も兄弟も亡くなってしまいました。今、自分が築いた新しい家族のために仕事を辞め、いっしょに過ごすときを選んだのが、私の最大の決断の「時」です。

タケシへ

君が今生きていることだけで、私たちは嬉しいのだよ。自分の時を大切に生きてね。

南ちゃん（57歳／女性）

5時

時は平等に一分一秒を刻んでいます。
時というものはあくまでも平等、
一見残酷なようですが、
平等であるがゆえに
優しいのかもしれません。

時は平等に一分一秒を刻んでいます。

先日、ひとつの別れを経験しました。

人生の半分をいっしょに過ごした友人であり、恋人であった彼との関係を終了させました。

漠然と「一生いっしょにいるのであろう」という想いと、「このままでよいのだろうか」という自分の将来に対する葛藤を、彼は見抜いていたのでしょう。

それまでは会えない日々も何とかしてコミュニケーションをとろうとしていた私たちでしたが、コミュニケーションのとり方が分からなくなってしまっていました。


そんなある日、久しぶりに話をする機会がありました。そこで、ほんの数十分話しただけだったのですが、お互い、将来をともにする相手ではなくなってしまっていたことに気づきました。これまでどれだけいっしょにいても時間が足りない、一日でさえ短いと感じていたのに、その日については時間の流れが止まったような数十分でした。

何カ月も悩んでいたにもかかわらず、結論は天から降ってくるかのように、一瞬で決まってしまいました。

時とは相手に対する思い、事象に対する思い入れでここまで形を変えるのか、と気づかされた一瞬でした。とはいえ、どんな場面でも感覚的な長短にかかわらず、時は平等に一分一秒を刻んでいます。時というものはあくまでも平等。一見残酷なようですが、平等であるがゆえに優しいのかもしれません。

T氏へ

今までありがとう。就職する前に君にもらったおそろいの腕時計を、今でも仕事の相棒にしています。だらけそうになる自分を、腕時計がどこかで見張っていてくれている気がします。

お互い違う道を歩むことになりましたが、着実で実直な君らしく、穏やかな、それでいて確かな時を刻んでいってほしいと思います。

Port Ellen（29歳／女性）

時は平等に一分一秒を刻んでいます。

時は風のようなもので、ときには冷たく感じることもある。

たとえば、10年もつづいた恋人と別れてしまったとき。こんなに冷たく吹きすさぶ風を憎らしく思う長い日々。ぎゅっと目を閉じて、負けないと思って過ごしていた。

いつのまにか風が暖かいと感じるようになった。風の冷たさはかわらないのに。そうか私はいつのまにか暖かいコートを手に入れていたんだ……。

辛いときはどんな慰めも、時が癒してくれるという言葉も、うそに思える。過ぎ去ってふとしたときに、時の暖かさを感じるものかもしれません。

しずか（31歳／女性）

無職の研究者へ
普通の人が働いて過ごした10年の日々を、あなたはお金にならない論文を書いて暮らしている。灰色の世界だとあなたは言うけれど、あなたのまわりには金色の時が流れている。

時は平等に一分一秒を刻んでいます。

授業中は一分一秒が長く感じる「時」だけど、大切なあの人と会ってるときは早すぎる「時」。
あとどれくらいいっしょにいられるのか分かるように、彼の誕生日に時計をプレゼントしました。

彼へ
いっしょにいるとあっという間に一日が終わる……。
だから一日一日を無駄にしないように充実させていこうね。

ともみかん（20歳／女性）

彼から連絡がしばらくないとき、携帯とにらめっこするが、電話をかける勇気はなく、切ない時が過ぎてゆく。

めりん（23歳／女性）

遠距離恋愛をしていて、帰りの空港でいつもなかなか離れられず時間ギリギリまでいっしょにいた。
本当に切なくて……。
でもこれがあったから、私たちの結婚は早まったと思う。

旦那様へ
結婚して一年。勝手がわからず、たくさん喧嘩もしたけど、これから先もいっしょに笑って、いっしょの時間、いっしょの思い出を刻みたいですね。

dumbo2005（28歳／女性）

時は平等に一分一秒を刻んでいます。

それまでは、自分は一生独身だろうと思っていました。
あの女性と出会うまでは。

それまでは、二人だけで楽しく生きていけばいいと思っていました。
あなたが産まれてくるまでは。

それまでは、子供たちが成人して独立したら、夫婦でのんびり過ごそうと思っていました。
君に障害があると知らされるまでは。

人生は良くも悪くも思いどおりにならない。
でも楽しい。辛いことのほうが多いけど。
20代のころ、一生独身でいいと思っていた自分だけど、今となっては信じられない。

やっぱり家族が一番。
四人でいっしょに暮らせる時間は決して長くはないだろうけど、いつか振り返ったとき、家族で過ごした時間が一番かけがえのない時であるに違いない。

息子へ
焦らなくていい。まわりが何と言おうがかまわない。
君は君のペースで、ゆっくりと歩いてくれればいい。

ＮＴＫ（40歳／男性）

時は平等に一分一秒を刻んでいます。

プロローグ　プロスキーヤー

児玉毅（冒険スキーヤー）

２００５年４月９日　11時23分　天候待ちの日々

ＳＥＩＫＯの腕時計は、いつも同じリズムで確実に時を刻んでいる。

しかし僕は、プロスキーヤー／冒険スキーヤーという活動のなかで、ときには、まるで「時間」が停まったかのような感覚を体験し、またあるときはそよ風のように過ぎ去ってしまう「時間」を体験した。

ここで語るのは、エベレストで僕が体験した４タイプのまったく異なった「時間」だ。

時は平等に一分一秒を刻んでいます。

第一話　逆らわず流れゆく「時」

児玉毅（冒険スキーヤー）

2005年4月9日　11時23分
天候待ちの日々

ここ数日間、エベレスト・ベースキャンプ（標高5360m）で、天候待ちの日々をおくっていた。山での生活期間は実に二カ月を超える。体調、天候、準備、チームワークなど、どれかひとつ欠けても登れない世界だ。

そのなかで、休養をいかに過ごすかが、成功の鍵といっても過言ではない。休養期間は、こころを風に漂わせ、体の力を抜いてリラックスする。先のことを案じてイライラしていても仕方ない。

大自然は、今日も昨日も一億年前も、同じリズムで時が流れていることをイメージさせる。それは大河のようにゆっくり流れているような、風のようにあっという間に過ぎ去っていくような……。いずれにせよ、時が区切りなく流れていくように感じた。

第二話　鈍く、重く、のしかかる「時」

児玉毅（冒険スキーヤー）

2005年4月18日　23時10分
高所順応トレーニングの夜

土に生き埋めになる夢。
川で溺れる夢。
雪崩に巻き込まれる夢。

眠りについては息苦しい悪夢で飛び起きるのだった。
時計を見ると「23時10分」。床に就いてから、わずか二時間しか経っていない。

ここはエベレストの標高6450mにあるキャンプ2。
高所に慣れるトレーニングとして、無酸素で夜を過ごしていた。
なかなか眠りにつくことができず、何回寝返りをうっただろうか。

暗黒の夜は、まるで永遠につづくかのように思えてくる。
24時間とも思えるような長い悪夢をみて、再び跳ね起きる。

たった五分しか眠れなかったようだ。
秒針は狂おしいほどに、重く時を刻んでいた。

時は平等に一分一秒を刻んでいます。

第三話　すべてが集約された「時」

児玉毅（冒険スキーヤー）

2005年5月31日　7時55分
エベレスト山頂に到達

体が鉛のように重たい。一歩進んでは、十回の深呼吸。
こんな苦しい経験はいまだかつてないし、はたしてこれからもあるだろうか……。
エベレスト山頂が、もう手の届くところに迫っていた。

遠征に出る前の一年間、エベレストのために過ごしてきたと言っても過言じゃない。
山に入ってからの二カ月半は、この山頂だけを思い描いてきた。

この一歩が、この一秒が、僕にとって何ものにも変えられないものだった。この一歩が、この一秒が、人生最高の充実感に満ちていた。

午前7時55分。
僕はこの「時間」を一生忘れないだろう。

エベレストに登頂したその一瞬。
さまざまな想いと夢がその一瞬に集約されていた。

第四話　美しく空白な「時」

児玉毅（冒険スキーヤー）

2005年6月3日　8時31分
帰途でスキー滑降

「エベレスト登頂という大きな目標を達成したら、帰り道でスキーを楽しもう」

そう企んでいた。

標高6450mのキャンプ2からの約1km。

たったそれだけの距離ではあるが、そのために苦労してスキーを担ぎあげていた。

スキーの最大の魅力、それは紛れもなく生身で感じるスピードにある。滑り出した瞬間に音は消え、まるで風のように自由に滑走するとき、僕は時の流れを忘れてしまう。雑念がすべて剥がれ落ち、自然と完璧に一体化したとき、僕は空間を瞬間移動したような感覚を覚える。

何時間もかけて、喘ぎながら登ってきた道程だからこそ。

確かにそこに存在したような、しなかったような、夢のような「時間」。

ただ、SEIKOの腕時計は、同じように確実に時を刻んでいた。

6時

5年間その**秒針**を**見**つめながら、
私が**感**じていたものは
ただの「**時刻**」でしかなかった。
時の**流**れを**見**つめる**余裕**をなくしていた。

私が感じていたものはただの「時刻」でしかなかった。

成人記念に買った腕時計はアンティークウォッチ。五年間、私の左腕で時を刻み壊れた。カバーがはずれあわてて修理に出したものの、それは一時しのぎにすぎなかった。修理直後から、より頻繁にカバーがはずれるようになったのだ。

後日、別の専門店に持ち込んだところ、本来あった竜頭の形が損なわれているという。最初に依頼した修理店が、アンティークウォッチの造りに詳しくなかったがために、適切でない処置が施されたらしい。

急ぐあまり、そのような店に大切な品を持ち込んだ自分を心から恥じた。その時計は、私が生まれるより前から時を刻んできたというのに、五年間、秒針を見つめながら私が感じていたものは、ただの「時刻」でしかなかった。

時の流れを見つめる余裕をなくしていた。

以来八年間、その時計は専門店の金庫に入ったままだ。より困難な修理を必要とするため、その技術を持つ職人さんを、今も店主に探してもらっている。そんな職人さんが日本に存在するかどうかも分からないが、あの時計が教えてくれた「時」の見つめ方を忘れないように、いつまでも待ちつづけようと思っている。

久美ちゃんへ
ニュージーランドの空は今日も晴れていますか。
帰国を楽しみに待っています。

minargo（33歳／女性）

私が感じていたものはただの「時刻」でしかなかった。

かれこれ五年くらい前に年下の男の子がお昼休みに突然言いだした。
腕時計の話。
実はオレはいつもしてる。寝るときもしているくらいのいきおい。
ないとものすごく落ち着かない。
あたしは？
してるときはしてるけど、しなくなっちゃうとぜんぜんしないな。
それがどうした？
「腕時計は恋人との関係を表すんだって」
ふーん。そうなの？　なんで？　そういう話もあると。
わたしの宝もの、実はひとつは時計なの。

十年という時をともにした彼からの贈りもの
今は腕に巻くことはないけどずーっとずーっと大切な宝物。
これからもずーっと。

ＫＨ（33歳／女性）

と言われる。

私が感じていたものはただの「時刻」でしかなかった。

弓道。

それは私のなかで最高の時でもあるが、同時にとても苦く打ちひしがれた時を味わったものだった。

中学から始めた弓道で、私は充実した時間を過ごしていた。

弓道は団体競技だ。

高校に入ってからは、チームの「要」である、一番最後に射る「落ち」を任されるほどだった。副主将としてみんなをまとめた。

しかし、私はあるときから弓が引けなくなった。

最後に精神を集中させ的を狙う「会」ができない——

私は副主将というプライドも手伝って、自分の弱さに、自己嫌悪になった。

そして迎えた最後のインターハイをかけた試合。

私は部内の代表選手にさえ、なることはできなかった。

学校の選手壮行会でステージに立つ仲間をただ呆然と見ていた。

悔しかった。
でも、このままでは終われない。

私にできることは何か。
選手のサポート、指導、道場の掃除、草むしり、後輩の引率……。
ここで私は最後を戦おうと思った。
選手時代は決して知ることはなかった裏方の思い。

最後の試合でインターハイの切符は手にすることができなかった。
けれど、支えつづけ、やりきったという思いは十分にあった。
この経験から、人を支える仕事につきたいと思い、先日その夢はかなった。

しかし、私は弓道と、そこに入り混じる喜びと悔しさと自己嫌悪を今でも感じ続けて

私が感じていたものはただの「時刻」でしかなかった。

いる。
あれから四年、私のなかのその「時」の記憶は鮮明だ。
弓が引けないままの私は、確かにまだいる。
私は漫画に出てくるような、最後に花開くヒーローでもヒロインでもなかった。
負けず嫌いの私が、卒業してから一度も弓を引いていない。
自分から逃げてしまったという思いが、また私に生まれる。
その「時」は止まったままだった。

けれど、歳月を経て、少しずつ、少しずつ、自分の弱さを認めることを知った。
弱い自分でも、今はいい。
ゆっくりやってみようという思いが形になりつつある。
また、弓を引くつもりだ。

私はすごく弱い人間であると思い知ったが、少しずつ、やっていこうと思った。

止まった時間のなかで何かを掴みかけた私が、

「時」を取り戻すのはもうすぐのような気がする。

真理子へ
楽しいときも、自分が本当に悲しいときも、いつも笑顔の真理子。

真理子は人にも素敵な時間を与えてるんだよ。

そしてその笑顔はきっと自分も幸せにするはずだから、ずっとその笑顔を絶やさず輝きつづけてね。

でも、たまには私たちに弱い顔見せてもいいんだからね。

ずっと真理子の味方だよ！

しぐれ（21歳／女性）

私が感じていたものはただの「時刻」でしかなかった。

友人関係がうまくいっていなくて、学校へ行くのが憂鬱だったとき、一人の先生が私の話を親身になって聞いてくれて、とても救われた。その先生は、たまたま産休の先生の代わりにきていた人で、すぐまたいなくなってしまったけれど、本当にあのときに、あの人に出会うことができてよかったと思う。あの先生に出会って、悩みを打ち明けたのは偶然だけれど、いっしょに過ごした時は、かけがえのないものだったと思う。

お母さんへ
今までいろんなことがあって大変だったね。これからは、お父さんと、二人のために楽しい時を過ごしていってね。

ぱーる（19歳／女性）

私が感じていたものはただの「時刻」でしかなかった。

数年前、思いがけず病に伏し、二年間療養生活を送りました。それまで大学・就職と体調面では問題もなかっただけに、精神的なショックが大きかったです。仕事をしていると「もっと時間があったら」と時間の流れの早さを嘆いていましたが、療養生活に入ると、時間が止まってしまったかのようでした。何をやっても楽しくない、つまらない、体調不良……その連続で、いちだんと一日が長く感じました。

そんななかで外の景色の移り変わりを見る気持ちの余裕が出てくるようになり、久しぶりに時ではない「時間」を感じました。うつろいゆく季節を肌で感じていると、自然と前向きな気持ちが出てきて、「元気になったら自分のために時間を使おう」と思いました。現在退院し、自分のために勉強中です。

on·ig·ir·i（27歳／女性）

少し肌寒い五月のある日、ふと通りがかった街角で名前を呼ばれた。振り返ると、一人の若い男性がオープンカフェの椅子にぽつんと座り、私を見ながら煙草をふかしていた。しかしその声の主の顔をよく見ても誰なのか名前がよく思い出せない……。動揺を隠しながら近づいて数分話し、必死に記憶の引き出しを引っ張りだす。

中学の同級生、Kとの11年ぶりの再会の瞬間だった。クラスが二年間いっしょだったにもかかわらず、ほとんど話す機会のなかったK。しかしむこうは私を覚えていてくれた。

「ここ、俺の店。また遊びに来てな」

別れ際、彼は最後にそう言って店に戻っていった。

それから数カ月、上司が体調を崩して突然の休職、私は仕事のことで失敗がつづいて自信をなくし、相談相手もいないまま心身ともにいき詰まってしまい、会社の医務室へいくことが多くなった。看護師に言われるがまま紹介された病院へ行くと鬱病と診断され、ストレス発散ついでに会社の同期の送別会に終電がなくなっても付き合い、

私が感じていたものはただの「時刻」でしかなかった。

空騒ぎをしたらますますむなしくなる毎日。ふと思い出したようにおそるおそるKのいる店に寄ってみた。Kはあのときと変わらぬ笑顔で私を閉店後の店内へ入れてくれた。他愛のない話を少し交わしたあと、今度は思い切って私から、「また遊びにいくから」と言って、その日は別れた。

結局、私は仕事と通院の両立もむなしく、本格的に体調を崩し休職する羽目に。一週間ほど寝たきりの日々が続き、通院ついでの気分転換に買い物へ行ってもぜんぜん楽しくないし、ほしいものもない。大好きなお菓子を見たって食べたくもない。頭脳が完全に、心を動かすのを拒否している。泣きたくても泣けない。生きている実感がまるでなく、完全に自分を見失ってしまったようで、家に帰るのも嫌になった。人ごみに悪酔いしながらあてもなく街を彷徨《さまよ》い歩き、やっとの思いで辿り着いたのは、やはりKがいる店だった。そう、いつの間にか私にとっての帰る場所になっていた。

「お前がつくったアクセサリー、知り合いの店に頼んで売ったるし、お菓子がつくれるんやったら、俺の店にも出してみないか？　お前はやればできる子なんや……。

できることはやってみないと分からんし、時間は待ってくれへんから人生楽しまないと生きてて損やで」そんな何気ない言葉を不意にかけられ、思わず涙がこぼれた。

——11年の時を経て、Kとの真の友情が芽生えた瞬間だった。

今では、復職までのリハビリをかねて、なくした自分を取り戻すため、Kの店をときどき手伝っている。

店先園芸部員

不眠姫（26歳／女性）

7時

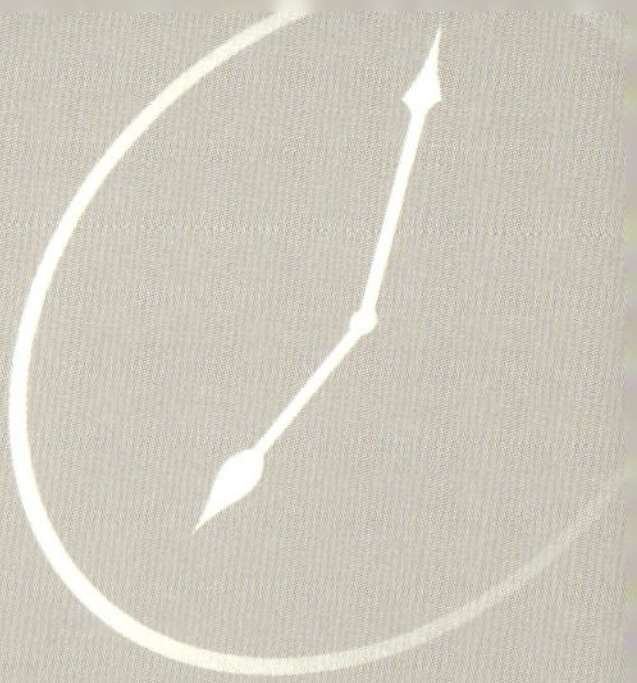

いつか聞いたコトバ。
『音楽は時間のアート』
時間って無限にあるわけではない。
そのなかで人生のどんなリズムや音を
奏でるかをちょっと考えた。

いつか聞いたコトバ。『音楽は時間のアート』

いつか聞いたコトバ。
「音楽は時間のアート」
なるほど。区切られた小節のなかに音符を刻んでいく……。
時間って無限にあるわけではない。
そのなかで人生のどんなリズムや音を奏でるかをちょっと考えた。
和音で奏でるも自由。
同じリズムのなかでちょっと重厚な得した気分。
でも、全休符だって、それはきっと長い人生のなかで必要な時間。
そんなふうに考えるのもいいかもね。

to T & M
まるで和音ばっかりのような私の人生は、あなたたちの思い出があるからなのかもしれない。

C（33歳／女性）

世界が変わる瞬間。

好きな人ができた瞬間、自分が変われた瞬間、いろいろあるけれど、私の世界をいつも変えるのは音楽だ。同じ景色のなかにいても、音楽が変われば景色は変わり、見えるものも変わってくる。

特にライブ。人の渦のなかでもがきながらも、そこは異空間だ。ときには笑い、ときには泣く。音楽は魔法のように、それぞれの心を染めていく。私はいつも、そんな音楽を授けてくれる人たちに感謝する。

世界が変わる瞬間をこれからも逃さないように。そして、音楽のように人に優しくありたい。

まだ見ぬあなたへ

いつかどこかで出会えたときは「やっと会えたね」と笑いあいたい。

そして同じ時間のなかをいっしょに泳ぎつづけましょう。

香（23歳／女性）

いつか聞いたコトバ。『音楽は時間のアート』

2004年10月の夜　打ち上げられる花火を見ながらまた泣いた
その音楽堂は夢の国と呼ばれる場所にあって
つい20分ほど前まで　鍵という名を持つ彼女の　鍵盤は愛を語り
温かく強く響く歌　確かな光を感じて
いつのまにか幸せに泣いていた
それがわたしの2005年　音楽との再会のきっかけ
今彼女は絆を歌ってる　愛する人との消えない絆を
わたしはそれをココロのなかで　祈るように再生する
愛する人に届くように
彼女がわたしにくれたもの
今窮地にいる　大切な友だちに　届いてその胸で活きるように

KH（33歳／女性）

「Yosakoiソーラン」というよさこいの踊りとソーラン節があわさった踊りをしていました。４分半という時間の一秒一秒に、ちゃんと踊りがあって、その踊りを20人以上の踊り子たちがひとつになって踊りつづけるという時間……。踊り子たちがひとつになって踊りきったときの達成感！　観客から拍手をもらったときのなんともいえない感覚……。厳しい練習も、この時間《とき》があるから乗り越えてきたような気がしました。

kayochii（34歳／女性）

いつか聞いたコトバ。『音楽は時間のアート』

産休の先生の代わりにきた先生と、最初で最後の吹奏楽コンクール。夏休みはほぼ毎日、一日じゅう練習。クーラーもない、蝉の声が鳴り響く音楽室で、みんなで心を一つにして頑張った合奏。
もめごとや確執があったりしたときには泣いたこともあったけれど、コンクールが終わってみるとみんないい顔をしてました。結果は惜しくも銀賞だったけれど振り返ってみれば銀賞以上に得るものが多かったひと夏の思い出です。

先生へ
一期一会の出会いを大切にと言ったのは先生ですね。あれからもう三年。あのころとはずいぶん変わってしまった私ですが、不思議と先生の言ったその一言は忘れることができません。私が一期一会の出会いを大切にできているか……というと、できているときもあるし、できていないときもあります。でもこれからも時々、先生の言葉を思い出して一瞬一瞬を大切にしていきたいと思います。

はるひ（17歳／女性）

今から三年ほど前、私の大好きなあるアーティストのライブに行きました。小さなライブハウスで間近に彼を見て、「あぁ。本当に実在するんだ……」などと思ったものです。ライヴ中、一瞬の間に観客席にダイブした彼は、気がつくとすぐ手の届くところに倒れていました。「こんな近くにいる。大丈夫だろうか？　生きてる？　触りたいけど……そんなことしてはだめ……」と思い悩み……時間が止まってしまったかのように思えました。ふと我にかえると、ガードマンに抱えられていく彼が。一瞬、自分の手を伸ばせば彼の頬に触れることができたのです。この間きっと何分もたってないでしょうね。でも私にはすごく長く長く感じられた一瞬でした。すべてがスローモーションになるってこういうことを言うのでしょうか。一生忘れない、忘れたくない、忘れられない時間でした。

あなたへ

　いつも後ろを振り返ることをしないで、前だけ向いて走りつづけているあなた。

　このまま素敵な時間を生きていってください。

月子（40歳／女性）

いつか聞いたコトバ。『音楽は時間のアート』

第一話　1秒

谷中敦（東京スカパラダイスオーケストラ／詩人）

その瞬間に踏み込んだアクセルが
どれだけ人を巻き込むのだろうか？

ステージ上で、人を煽ったり、ハッピーに巻き込みたいという気持ちがあって、お客さんと、反応のスピードがいっしょになってくるときが、タイム感をあわせているということなんだけど、そこまでいったときは、すごくドラマチックだし、お互いに感動している。会話だとしたら自分が話して相手が話して……という時間ではなく、二人の会話が完全にシンクロして時間が倍になったようにも感じる。

2000年のヨーロッパツアー前に、Gunslingesというツアーをやったときからかな。ライブのタイム感にまったくブレがなくなった。

そのころまでは毎日、一日が終わって家に帰って、夜な夜な今日俺はどれだけ前に進んだのかなって反省して眠れなくなったりとか、まるで毎日がひとつの島で、次の日はまた次の島みたいに生きていた。

それがある日、全部地つづきなんだって思うようになったら、すごい楽になった。どこまでも歩いていけるよって。こうして考えてることも、話したことも、会ったことも、無駄にはなってないのかなって。

あのときの感覚のまま生きていけば間違いないなって思える瞬間、振り返ったら勇気や元気になる瞬間を、濃密に共有しようよって。いっしょにいられる時間は貴重だから。

一人も置き去りにしたくない。

第二話　流れる時を詩に刻む

谷中敦（東京スカパラダイスオーケストラ／詩人）

15秒くらい前に自分が話したことを、正確にもう一回話せるか、って言ったら絶対話せない。「昨日、いい話してたけど、何だっけ？」ってこと、あるでしょう。そうやって流れていく時を、そのときの気持も含めて何かにスケッチできたらいいなと思ったことがきっかけだった。

そのころやっと携帯を使いはじめたころだったから、飲みながら話したことや感じた出来事を、毎日のように帰る途中とかに詩にしてその場にいた人や親しい人たちに携帯メールで送っているうちに、気づいたら１０００通を超えるくらいの詩がたまっていた。

そのなかから選んだものが詩集になったり、スカパラの曲でヒットしたり、携帯詩人のネットワークができたりして、はじまりはメールで詩に刻んだ瞬間が、やがて多くの人たちに広がり、それぞれの時間と想いのなかで自由に息づく言葉へと変わる。

よくあるのは、たとえば飲み過ぎて記憶をなくした言い訳の詩で「～いいことは覚えてる。悪いことは忘れちゃだめか～」って書いたら、その場にいた女優からは「忘れちゃだめです」って叱られて、いなかった人たちからは「あの詩で救われました」とか評判よかったりする。そんな詩ならではのコミュニケーションのブレが面白い。

やっぱり感動するのは、送った詩にいろいろな人から返事をもらうんだけど、普段はあまり自分の気持ちや心の深いところを語らない友だちからの返信。きっと本人は意識してないけど、それは二度と戻らない大切な時間を刻み込んだ詩なんだよ。

最後に、このエピソードを読んでくれた人に贈る詩を書いたから、みんなも返信の詩を投稿してくれたら嬉しいね。

いつか聞いたコトバ。『音楽は時間のアート』

「時の鍵」

いつか通った道をもう一度通る
そうして成長を知る
忘れた物とか
手に入れたいだけだった日々に
いつもいてくれた人たち
何度も巡る記憶に
時間は色を変える
鍵になる音符を探して
何度も同じ映像を見つめる
干渉しあう色の理屈を感じて時間を使う
そして無駄のない物語を語るのだ
矛盾のない逸話で人を救うのだ

速すぎて独りきりにならないように
ゆっくり優しく腕を掴んで
鍵になる現実に向かうと

黙って考えていた未来に一歩近づいた

8時

世の中の面白いものへ
あなたたちはひどいです。
私が気がつかないうちに
時間を盗んでいってしまうのだから。

世の中の面白いものへ　あなたたちはひどいです。

弟から借りたゲーム。最初は適当にやっていたのに気づけば三時間ぶっつづけでやっていた……。授業の時間も、同じくらい早く流れてくれればいいのに。

世の中の面白いものへ
あなたたちはひどいです。
私が気づかないうちに時間を盗んでいってしまうのだから。

百瀬華音（17歳／女性）

水泳部に所属していた私は、競技中いっさい音が聞こえなくなる。しかし、背泳ぎだから耳が水に浸かって聞こえなくなるのとはまったく違う。確かにあたりから声援や水をはじく音は聞こえるのだが、それと同時に、「カチカチカチ」とストップ・ウォッチの音が聞こえてくる。このとき、私は日常感じていなかった「一秒」を強く感じる。

それはライバルとの勝敗を分ける一秒であり、栄光を掴む一秒であり、自分を一歩進化させる一秒……。

部活をやめ、高校に入学すべく受験勉強をしている今、私は無性にあの音を聞きたくなるときがある。

50mプールの水中に聞こえるストップ・ウォッチの音を……。

Ａｋｉｒａ（16歳以下／男性）

世の中の面白いものへ　あなたたちはひどいです。

ウキが消えゆく一瞬。

それほど待ち遠しい「時」は私のなかに存在しない。

その日の天候や潮を考え、仕掛け、餌、いろいろ試行錯誤を繰り返し、初めておとずれる至福の「時」である。

その一瞬のためにはどんな労力も惜しまない。なぜならば、ウキが消える「時」、日々の嫌なこと、ストレスもいっしょに消えゆくからだ。

息子よ
親父といっしょに過ごすこの時間を、大切にしてくれ。

TAIGA（28歳／男性）

中学一年から、演劇をやっている。あれはハタから見るよりずっと理性的な作業で、会話のテンポがすごく重要になる。
みんながふざけあいながら雑談するシーンなど、ポンポンポンとたたみかけていかなければならない。一瞬の迷いで「間」があいて、それですべてのテンポがズレてしまうのだ。その会話がポンポンっとスムーズに連携されたとき、思わず怒りの演技の影で、ほくそ笑んでしまう。やったね、と。
30分の演劇のなかのその三秒が忘れられなくて、もう三年も演劇から離れられない。

可奈子へ
これから違う高校に進んで、もしかしたら演劇からも離れて、一年に一度電話する関係になるのかもしれないけれど、君とみんなと創った舞台の上の三秒を胸に、しっかり前を向いていられる気がする。
これからも誰かといっしょに君がつくる君の一秒一秒、力いっぱい楽しんでいってね。

叶恵（16歳以下／女性）

世の中の面白いものへ　あなたたちはひどいです。

チャリン。
揚幕が開いたとき、自分のなかに大切な「時」が刻まれました。
「春」という役で、国立劇場の舞台に立ったとき。
それまで、たんなる習いごとであったかもしれません。
自然に踊ること。頑張らないこと。
お家元からの言葉でした。
門をたたいて、もうすぐ20年。
舞台がすべてではなく、稽古を重ねて、時を重ねて。
チャリン。
あの「時」を忘れずに、大切に過ごしたい。

ひいさん
　静かに、あなたらしく、時をつくってください。

春（37歳／女性）

世の中の面白いものへ　あなたたちはひどいです。

第一話　私の弓道

堤梨々子（SEIKO「DESIGN YOUR TIME.」CF出演者）

弓を引くときに、いわゆる的を狙っている時間を「会」という。

弓を引いて、すごく調子がいいときには、体の隅々まで意識がみなぎっているのを感じる。呼吸をあわせ、ひとつひとつの動きにブレのないように、細心の注意を払って弓を引く。

すごく緻密な作業だと思う。

誰もがそう思っているかもしれないし、誰もそんなこと思わないのかもしれない。

そうして大切に、慎重に弓を引いて「会」にくる。

この時間を、私はとても表現できない。

「会」はその一射の集大成だ。狙ってはいるが、的にとらわれて動きが乱れてはいけない。それまでの力の流れも止めてはいけない。

一瞬の気のゆるみが、心のずれが、その一射を生かしもすれば殺しもする。

これしかない、という確固とした一射は、同時にとても刹那的で危うい。

弓道を始めてたかだか六年。それでも毎日弓道で頭をいっぱいにしてきた。

発展途上で、今も何を成しとげたわけでもないけれど、たぶんそうやって、一瞬一瞬、一射一射をより大切に、これからも積みあげていく。

第二話　すべてをかけた一瞬

堤梨々子（SEIKO「DESIGN YOUR TIME.」ＣＦ出演者）

私は、試合で最初に矢を放つ、「大前」というポジションを務めていた。

大前の一本は、その試合の流れをつくる。

二年生のとき、なんとしても中《あ》てたい大きな試合があった。

私の大学はここ数年は予選で落ちていた。

弓道は一瞬の隙が命取りになる。緊張で堅くなったり、集中しきれないで後悔するような結果には、絶対したくなかった。

私自身の調子はあまりよくなかったが、なんとか最初の一本を中てていい流れをつくりたかった。

その一本のために、毎日毎日練習した。一瞬にすべてをかけた。

矢は、的に吸い込まれるように、気持ちよく中《あ》たった。あとの選手もつづく。流れができたと感じた。

その年、私たちは数年ぶりに予選突破を果たした。

世の中の面白いものへ　あなたたちはひどいです。

第三話　大切な時間

堤梨々子（SEIKO「DESIGN YOUR TIME.」ＣＦ出演者）

一カ月前に、最後の試合が終わった。

私は半年前、肩の故障で弓が引けなくなってから、試合には出ていない。大好きな弓道ができず、ほかの選手のサポートにまわるしかなかった日々は、とても言葉で表せるようなものではなかった。

最後の試合は、その年最高の結果だった。

自分は弓を引いていなくても、そのときの緊張感、集中力を選手とリンクするように強く感じた。

みんなが毎日必死でやってきて、それをずっと見てきたから、同じ気持ちで喜ぶことができたのだと思った。

ずっと涙が止まらなかった。
つらかったことも全部、この瞬間のために乗り越えてきたように思えた。今でもこの文章を書きながら涙が出そうになる。

あの張り詰めた空気も、試合後の喜びも、どの瞬間にも戻ることはできないけれど、今も手にとるように、目に映るように感じることができる。

これほど中身の詰まった時間をこの先どのくらい味わえるだろう。

支えてくれた人々と、あきらめずにやってきた自分、そして弓といっしょにあった大切な時間すべてに、感謝したい。

9時

もしあと一週間しか
生きられないとしたら
24時間以上かかる飛行機にのって
あなたのところへ飛んでいきたいな。

もしあと一週間しか生きられないとしたら

もし
あと一週間しか生きられないとしたら
24時間以上かかる飛行機にのって
あなたのところへ飛んでいきたいな

毎日いっしょに
四駆でガタゴト
白い砂漠にいって
歌を歌ったり
いっしょに泳いで
夕日が落ちるのを見とどける
夜になる前に村に戻り
毎日繰り返す

腕の宇宙人のＴＡＴＯＯに笑った

ＴＥＣＨＮＯが大好きで
ゲーム音楽とかすっげぇＣＯＯＬだ
どんなのがあるのかって
興味津々だったよね
日本が誇るグレートアーティスツの音
源をもってってあげよう
テクノだけじゃないよ　日本では
すごい音楽がいっぱいあるし、
生まれてるんだから
あたしのリコメンもってくね

でも
予測では一週間ってことはないから
誰かがいつかわたしを
待っててくれるかもしれないし

守りたいものがあるかもしれないし
守れるようになりたいし
だからあたしここにいるね

なんで「神様を信じるか？」
って聞いた？

白い砂漠と青く澄んだ水たまり
そこには音がない

たぶんもう二度と会えないけど
忘れないから

KH（33歳／女性）

もしあと一週間しか生きられないとしたら

今まで付き合ってきた人のなかで一番好きだった人と別れたあと、付き合ってたその時間がすごく大事で戻りたくて……でも、戻れなくて……。
後悔することがたくさんあったけど、あのときのような時間をもう一度経験したい。
次こそはあの時間を失いたくない。

好きな人へ
笑っているときの顔ですごく癒されたから、ずっと笑っていてほしい。

turu（25歳／男性）

九月に結婚した妻といっしょにいるときが、なんともかけがえのない時。仕事でツライことがあっても、あなたの笑顔がすべて忘れさせてくれる。四六時中あなたのぬくもりを感じていたいよ。腕時計のように、いつまでもいっしょにいてね。

キョウコへ

結納返しでもらった腕時計。あなたともども大切にするね。

あき（29歳／男性）

妻を亡くした時、いつも空気のように思っていたものが、こんなに何物にも変えられないくらい大切なものであったことがわかった。残る人生を、妻がしたかったことを代わってやることで、寂しさを紛らわせています。

ko・ichi（年齢不明／男性）

もしあと一週間しか生きられないとしたら

16年前、72歳で昇天した父。肺臓を蝕んだ小細胞癌だった。

検査結果が出た日、私と兄が主治医に呼ばれた。

「三カ月の命です」

医者の宣告どおり、ちょうど三カ月後に旅立ったが、その三カ月間はそれまでの父との39年間の付き合いよりも、はるかに濃密で充実した「時」だった。

意識を失い危篤状態に陥った父の耳許で囁いた。

「来世でも親子やろうや。ありがとう」

その「時」を夢想しワクワクしている自分がいる……。

ミーシャさんへ
ひょんな縁で出会ったあなたと私。今世での時間はそうたいして長くはないけれど、
時が永遠に続くものなら、我らの「愛」もきっと永遠なり。

kent9648（55歳／男性）

自分の幼稚園のころの写真が見つかりました。もう会わなくなってずいぶんたつ人、今もよく会っている人、引越してしまったお隣の友だち。
いろいろな人との出会いと別れがあって今の自分があるんだな、と思いました。また会える時がくると思いますが、みんなで生きていた時間がとても昔のことのように思えます。

中学時代の友だちへ
また会えるか、もう会えないかはわからないけど、毎日が楽しいと思えるように、お互いにがんばっていこう!

ディレアス（18歳／男性）

もしあと一週間しか生きられないとしたら

私は入社以来、何度も転勤を経験していますが、10年ほど前にいた職場に、仲のいい同僚がいました。

彼とはいっしょに飲みに行ったり、休日に出かけたりしていました。

転勤を重ねるうち、忙しくなったこともあり、なかなか会えなくなりましたが、先週、久しぶりにドライブに出かけました。

彼は昔から緑内障を患っており、目が少し不自由で、耳もあまり聞こえない状態だったのですが、久しぶりに会ってみて、あまりの変わりように驚いてしまいました。

目はほとんど見えなくなっており、杖を持っていました。

耳も前にも増して聞こえなくなり、寝るときには耳鳴りが激しいようで、食も細っており、ガリガリに痩せ細っていました。

私は10年間も彼とほとんど会わなかったことを後悔しました。

今の時代、決して医学・薬学は完全なものではなく、彼の病状の好転はありえないそうです。

そのうちに彼は失明することになるそうですが、少しでも目の見えるうちに、いろいろなところでいろいろな景色を見せてあげたいと思っています。

愛娘　黎へ

三歳の誕生日おめでとう。
お父さんは日々成長していく君の姿を、一瞬たりとも見逃さないからね。
スクスク、元気に成長し、素晴らしい女性になってくださいね。

Ｍｉｅｈｙａ（34歳／男性）

10時

現実の世界とは違う時間が存在する。
カチッという音で、
夢の世界にも
今、存在する世界にも、
自由に旅することができる。

現実の世界とは違う時間が存在する。

現実の世界とは違う時間が存在する。
カチッという音で、夢の世界にも今、存在する世界にも、自由に旅することができる。

あなたへ
10年という時間はあっという間でした。これからの10年も、充実した時間をともに歩けるように。

みゆき（28歳／女性）

20歳の初夏。

私の一生のなかで本当の恋をした「時」だったと思う。

10日後には大阪へ行ってしまう、彼との思い出をつくるために一生懸命だったあの「時」。今でもあの10日間が忘れられない。

私の一生の思い出。私の一生で一度きりの本当の恋をした「時」でした。

今、私と同じ空の下にいる君
どうか、幸せに。私が君を、幸せにしてあげられなかった分まで幸せになってください。

すぅ（33歳／女性）

現実の世界とは違う時間が存在する。

まだ三歳か四歳くらいのころです。私には兄が二人いて、二人とも喘息だったので、両親の意向で気候のよい少し町外れの場所に引越しをしました。この引越しがきっかけで、新しい場所になじめず、嫌な思いをしていたころのことが、今でもなんとなく忘れられません。

私は一人でいることが多く、静かで、あまり人とかかわることがなく、空を見上げては、雲や星を眺めているのが好きでした。流れ星が見たくて、いつも夜は外にいました。

そのころ、不思議なことがありました。それは、新しい場所に来て初めての夏の夜のことです。あの日は、すごく暑くて、私は眠れずにいました。気分転換に、開いていた窓のそばで星を眺めることにしました。大きいのから小さいのまで、いろいろな星が光り輝いていて、それだけでも私は、見ていて飽きませんでした。

「流れ星、見られないかな?」

こんな真夜中に起きていたというのも今となっては不思議ですが、このとき、突然部屋のなかが真っ暗になり、わたしの部屋が宇宙空間になったんです。赤色や黄色の星がいっぱい光っていて、私のそばを、高速で通過していきました。

「私は宇宙にいるんだ」と思ったら、だんだん上のほうへからだ全体が上がっていく気がしました。遠くを見ると、星の海のようなものも見えて、なんだか本当に自由になった感じでした。オーロラのような大きいカーテンもあったり……。

翌朝、目が覚めると、窓のところで私は寝ていました。カーテンがひらひらと朝の爽やかな風にあおられていました。私は少し風邪をひいていました。

不思議なことはこれだけではありませんでした。

翌日、わたしは自分から積極的に近所の子に話しかけて、新しい友だちができました。そして、週に一度か二度、流れ星を見るようになったのです。

あのとき、星に不思議な力をもらえたのかな。

残念ながら今は流れ星は、見られません……。でも今となっては、忘れられない「時」を星に過ごさせてもらったような気がします。

自分へ

あなたがあなたである今の「時」を、大切な命を、無駄な時間に終わらせないで。

あきち（20歳／女性）

現実の世界とは違う時間が存在する。

「デジャ・ビュ」。

この「時」は私を不思議な世界に導きます。

初めて訪れた場所で、または、初めて出会った人に、以前にも同じことがあったと思わせる「一秒」。

この「一秒」はお金では買えないし、努力してつくりだすこともできません。

つまり、奇跡の一瞬です。だからこそ私は、何かの縁を感じずにはいられないのです。

この「時」こそ、私の幸せの「一秒」です。

お姉さんへ
健康と時間はお金では買えないことを教えてくれたお姉さん。
その意味とその大切さを知った今、私は毎日を忙しく駆けぬけるあなたに、一秒の大切さを知ってほしい。
そんなに急がなくても大丈夫。ふとした一秒に目をとめてみて。

モモ（24歳／女性）

現実の世界とは違う時間が存在する。

青年海外協力隊員としてアフリカで学校の先生をしていたとき、初めての授業はとても緊張した。

教室に入ると50人、100個の目がぎろりとこちらを睨む。みな肌が黒いので、ことさら目の白さが目立つ。私は前もって予習したことを、下手な英語で一生懸命話した。ひとコマ40分がとてつもなく長く感じた。生徒はとても鋭い質問をしてきて、背中に変な汗が流れた。教えるどころか教えられることのほうが多かった。

そして任期の2年はあっという間に過ぎ、あれからもう5年がたつ。あの生徒たちは元気だろうか。未熟な先生でごめんよ。

チエコへ

あなたはずっとアフリカに残り、ゴリラの研究をつづけていますね。電気も水道もないジャングルでよく続くものです。好きなことをやりとげているあなたがうらやましい。

年に一回くらいしか会えないけど、会ったときは思いっきり飲もうね。

栃の嵐（38歳／男性）

仕事柄、特にここ数年は、海外への出張が多くなった。出張先の国へ到着すると、身体を時差に慣らす間もないまま現地のスタッフたちとの会議や現場の視察、取引先との会食、と分刻みのスケジュール。気持ちは張りつめ、身体は疲れるが、充実した時間。数日間の出張日程はまたたく間に過ぎる。ホテルから日本への連絡。時差で昼夜が逆なことにも、もう違和感を感じなくなった。

飛行機が成田へ到着すると、ひと仕事終えたという開放感と、日本へ帰ってきたという安心感から、ほっとひと息つく一方、楽しみだったイベントが終わってしまったような寂しさを感じる。

そんなとき、ふと前日まで自分が外国で会っていた人たちや美しかった風景が、「夢」だったのではないかという錯覚にとらわれることがある。

たった今、東京にいる自分が本当にさっきまであの遥か遠い国にいたのか、あっという間に過ぎたあの時間は本当に現実の出来事だったのだろうか、と。

人が何かに夢中になっているとき、その人は文字どおり「夢の中」にいるということなのかも知れない。

J（39歳／男性）

現実の世界とは違う時間が存在する。

中学校から私立だった私は、地元の友だちと疎遠になりがちでした。しかし、たまたまもらった遊園地の招待券で、ふと小学校時代の友人を誘ったのです。およそ六～七年間、年賀状程度のやりとりだった友人と、趣味の話がたまたま合い、話しはじめれば、気がつくとまたよく遊ぶ仲になっていました。

今でも彼と別れるとき「またね」というと、時間を飛び越えたその日をふと思い出すことがあります。

今は一時間、一分のなかで生きているのに、不思議なものです。

ヒトシくん

大学を出たら君も新しい道を歩くと思います。今みたいに会うことはできなくなると思うけど、再会したときに今みたいに笑いあえると良いですね。

お互いの時間の今とその先を輝けるものにしましょう！

Dちゃん（22歳／男性）

現実の世界とは違う時間が存在する。

現在29歳。学生時代の友だちと再会することになった。とても仲が良かったのに、社会人になってからは年賀状程度の連絡で、何年も顔をあわせていない。まだ田舎娘でしかなかったお互いしか知らない。「変わってしまって、違和感を感じて、話ができなかったらどうしよう」と心配したが、いざ再会したらその心配は無用だった。不思議だった。昨日も会った友だちのようにうちとけることができた。

私たちは学生寮で仲良くなった。しかしその寮は、現在はなくなってしまったと風の便りに聞いた。どんな状態なのかは分からない。跡地でもいいからと、後日二人で訪れることにした。

その場所に訪れると……門札は違うものの、建物は当時のままだった。建物や風景を見た瞬間、あのころのことを鮮やかに思い出し、懐かしくてたまらなくなった。当時いっしょに過ごした友だちは、各所に散り散りになり、会うことはない。にもかかわらず私たちはこうして再会を果たすことができ、何年もの時を経てあのころと同じ場所に来ることができた。

「ここが今、私たちの都会での生活の原点だよね」友だちが言った。私たちは、その場所をあとにし、それぞれの「明日」という時を歩みはじめた。
お互いの環境は違うけど、いつまでも変わらぬ友だちでいてね。

猫田ねこ（29歳／女性）

現実の世界とは違う時間が存在する。

あるなんでもない普通の日曜日。夜、食事を終えて一人暮らしの家に帰ると留守電が入っていた。それは、あまり親しくなかった友人の母からだった。彼女は泣いていたのでよく聞こえなかったが、最後だけこう聞きとれた。「……今までありがとうございました」と。

訃報の知らせだった。そのとき、時間が止まる、ということを初めて経験した。

あのときのことが今でもまだ嘘みたいだよ。

k.o.j.i（56歳／女性）

母が事故に遭い、一週間、意識不明だったのですが、その一週間は私の人生で一番長く感じました。

アキへ

毎日子育てで大変だろうけど、あとで振り返ると今が一番輝いた時間になっていると思う。

けんけん（32歳／男性）

先日、田舎の父が大きな手術を受けた。手術自体は無事に終わったのも束の間、父の心臓が停止。施術した医師たちが総出で蘇生を施したが、30分が経過……。通常、この時間で蘇生しなければ可能性はないらしい。その場にいた母の「あと10分だけ」の願いを受け入れてくれた医師たちは、全力で父の胸を押した。あと少しで約束の10分がたとうとしたとき、心臓が動いた。
父には止まった時間。母には恐ろしく長い40分、そして最後の10分……。この10分がなければ今父はいないであろう。この10分のお陰で、今父は順調に回復している。

父と母へ
　生きてることへの感謝をしつつ、毎日を大事に「素敵な時間」をつくりましょう。
　家族みんなで。

ひな吉（44歳／男性）

11時

ゾウの一生は100年、
ネズミの一生は数年。
同じ哺乳類なら
一生のあいだの心臓の鼓動の回数は
みんな同じで20億回打つのだそうです。

ゾウの一生は100年、ネズミの一生は数年。

本川達雄氏の『ゾウの時間、ネズミの時間』という本を読んだことがあります。ゾウの一生は100年、ネズミの一生は数年。それは人間から見たときの時間の長さであって、ゾウやネズミにとっては100年も数年も同じ一生で、同じだけの時間を生きた満足感があるはずだ、という趣旨だったと思います。同じ哺乳類なら、一生のあいだの心臓の鼓動の回数はみんな同じで20億回打つのだそうです。ゾウにはゾウの時間、ネズミにはネズミの時間があって、それぞれ体のサイズによって違う時間の単位があって、これを生物学的時間というのだそうです。

この本を読んだあと、自分の腕で秒針が音もなく秒を刻んでいるのを見て不思議な気がしました。それなら、この一秒をどのようにして人間は決めたんだろう？　と疑問を持ったので調べてみました。現在はセシウム133原子の放射周期をもとに一秒が決まっていて、それ以前は平均太陽日の8万6400分の1に従っていたと書いてありました。計算してみると60秒×60分×24時間＝8万6400！　どうやら一日をもとにして一秒が作りだされたようですが、なぜ10進法ではないのでしょう？なぜ、一日を24時間と決めたのかは分かりませんでした。

ただ、腕時計が刻む一秒の時間はとても美しいと思います。

これがネズミ並みにコチコチめまぐるしく動いたら……

腕時計を見るたびに目が回る？

ゾウの時間のようにゆっくり秒針が動いたら……いらちの人は……

時計をぶっ壊すかも？

ふと想像したのは、一秒って人間の心拍数に結構近いのかもしれませんね。赤ん坊が母親の胸で安心するのは、母親の心臓の鼓動を聞くからだということを聞いたことがありますし、案外、私たち大人も、自分の心拍数に近い一秒の周期を感じて安心し、美しいと思うのかもしれません。

いやいや受験を控えた学生や提出間際の資料をつくっているサラリーマン、新婚旅行中のカップルや恋人同士には、一秒は……短すぎる！　のかも？

MH（55歳／男性）

ゾウの一生は100年、ネズミの一生は数年。

今、何かを考えているときでも一秒前の世界には決して戻れないけれど、世界は動いている。
時間というものは生きているときでしか実感できないし、限られているものだから、大切にしたいと思う。

幼い君へ
君が歩んでいく一秒一秒には、たくさんの夢がつまっているんだよ。だからいつでもキラキラ輝いていてね。

chaus.ic（32歳／女性）

この時間はいったいいつまで続くのだろうか。
自分という存在がなくなるとはどういう状態なのだろうか。
今、この時間のなかにいる自分に不思議な感覚を感じることがある。
家族へ
それぞれに存在する時間を共有することでより大きな時間へ。

nf7s（37歳／男性）

ゾウの一生は100年、ネズミの一生は数年。

「時」に対しては不思議な想いが涌いてくることがある。それは自分が生まれてくる前から刻みつづけ、いなくなったあとでも無限に続くものに対しての畏怖や恍惚といったものである。
畏怖というのは、いつまでも終わることなく、自分が死んだときに無限のなかに放置されるような気がすることに対しての想いだ。そんなことを考えながら眠れなかったときもあった。
恍惚というのは、そんな無限に続く「時」とともに、無限に世界を見ていたいという想いだ。少しほかの人とは違う感性かもしれないが、そんな想いをしたという人がいてくれたら嬉しい。

生きているすべての人へ
たとえ嫌なときでも、嬉しいときでも、退屈なときでも、それが自分の時間なのだから大切にしてほしい。

麒麟（18歳／男性）

年、月、日、時間、分、秒……。

時は過去から未来へ永遠に一定の法則で刻みつづけているはずなのに、自分のおかれている環境で感じ方が違いますよね。

「忙しいときは時間がたつのが早い」

「嫌なことをしているときはなかなか時間が経過しない」

「一月行っちゃう、二月逃げちゃう、三月去っちゃう」

とかいろいろ耳にしますよね。

時の感じ方がそのときの心理状態が影響しているなら、気持ちをコントロールすれば時間を有効に使えるかも!?（笑）

それにしても不思議なのは、

「嫌いなはずの月曜日はなぜ時間がたつのが早いのか」ということです……。

みなさんへ
人生という時をDESIGNするのは自分の気持ちが大切かもしれませんね。

kaze（41歳／男性）

ゾウの一生は100年、ネズミの一生は数年。

子供のころ、学校の教室の窓から外を眺め、どうして時間のたつのが遅いのかと恨めしく思った。またあるときは、トイレに行きたくなって、汗をかきつつ、ひたすら授業が終わるのを待っていた。子供のころの「時」はとても緩やかに過ぎていく気がした。
今、50代半ばになって、一日が早いことに驚かされる。一日のうち11時間を通勤と仕事に費やすが、時間が足りないので、もっと時間がほしいと思う。歳をとって頭の回転が遅くなったせいもあるのだろうが、仕事がなかなか片づかない。ひょっとして、子供のころの「早く時間がたってくれればいいなあ」という思いが、今ごろ現実となったのかもしれない。
時は、いつも変わらぬ速度で刻まれているのだろうけれど、人はみな、それぞれ違った時の経過を感じているのだと思う。不思議なことだ。

きよみちゃんへ
大切な一瞬をいっしょに刻んでいこうね。

シンジン（53歳／男性）

Avenueの腕時計
出会ってから15年になる
高校入学祝いのプレゼント
以来、ずっと私の左手首にあった

大学に入学したときも
会社に入ったときも
今、新たな可能性を信じて羽ばたこうとするときも

生命のないもの、のはずなのに
一秒、一秒、正確に刻む時間は
心臓の鼓動のようで
私の心臓の鼓動と同じに
人生を歩んでいる

月香（31歳／女性）

12時

あなたの命は、
本当はあなた一人のものではなく
地球全体の財産なのだから
未来へ何かプレゼントができるように
輝かしい一瞬を積みあげていってね。

あなたの命は地球全体の財産なのだから

娘は先日20歳の誕生日を迎えた。
20年前のその時、確かに新しい命をこの世へ送り出して、喜びに満ち溢れた私がいた。生まれたての娘の横顔を眺めながら、感激の瞬間に巡りあえたことの幸せと同時に、新しい命の重みを感じた。遠い祖先が時を大切にし、次世代へとつないでいったからこそ誕生したこの命を大事にしなくては……という思いと、それを娘自身にも伝えていかなくては……という責任を感じたことを覚えている。

娘へ
あなたの命は、本当はあなた一人のものではなく地球全体の財産なのだから、毎日の時間を無駄に過ごすのではなく、未来へ何かプレゼントができるように努力を惜しまず、輝かしい人生の一瞬を積み上げていってね。

はーみー（46歳／女性）

付き合っていた彼との子供ができたとわかった時、戸惑いながら話す私に見せた、彼の満面の笑み。すぐ真剣な顔に戻ったけれど、あの笑顔のおかげで、可愛い子供と優しい夫を手に入れました。

あきねへ

あなたらしく、あなたの好きなように、明るい時間を重ねていってね。

あきあき（27歳／女性）

大学時代の友人たちと結婚式で出会った。

学生時代を思い出しながら、友人の結婚を祝った。

次は君が幸せと永遠のパートナーを掴む番だよ。

そのうしろに私たちがいる。

ｃｈｏｂｉ（31歳／男性）

あなたの命は地球全体の財産なのだから

娘の結婚式で、二人のつくったこれまでの人生を振り返るスライドが流された。赤ん坊のころ、笑っている顔、昼寝している姿、成長の過程が映し出されていく。そういえばそんな時、いつも私たちは立ち会っていたのだな。でも、たった今までそんなことはすっかり忘れていた。込みあげてくるものがあった。君たちも何十年後、同じように感じるかもしれないなと思う。でも不思議だな。君が大人になり結婚するなんて。そう思う……遠い所から見守っています。

娘に
　時を重ねてかけがえのない人生を幸せに。

コブートリーオジサン（57歳／男性）

最近、高校の同級生とメールをやりとりしています。ほんの何日か前から。

その前は10年以上も音信不通。卒業式以来かもしれません。

なのに、自然に言葉が出てきます。

大昔？　の些細なエピソードが溢れてきます。

今話しているのはなんだか違う人みたいに感じるけど、確かに高校生のとき、変なモノマネを見せてくれてた人で。

大人になったんだなぁって、歳をとったんだねぇって。

私が過ごした時間分、彼も過ごしていたんだなぁって。あたり前のことですが、妙に感動してしまいました。

それは卒業式で完結したはずの物語のつづきを読んでいるようで、懐かしいけど新しい。

ほかの物語のつづきも読んでみたくなりました。

ファンタスティック（32歳／女性）

あなたの命は地球全体の財産なのだから

3。

これは私が自分で買った時計の数。

大学生になり、アルバイトでお金を稼ぐようになってから、誕生日には自分で「私」に腕時計のプレゼントをしている。

「あれにしようかな。これにしようかな。」と誕生日近くになると、どの時計を買おうかワクワクする。毎日、その三個の時計を、その日の気分や服装にあわせて使いこなしている。いつも感じるわけではないけど、時々自分の腕の時計を見て「もう別れちゃったけど、たか君といっしょに買いにいったんだよね。もう一年近く会ってないけど、たか君、仕事頑張ってるのかなぁ。」などと、過去の出来事をふと思い出したりもする。

時は止まることなく未来へつき進むものなのに、時計によって過去を思い出せたりして、不思議。

今、私は21歳。「私」への誕生日プレゼントはこの先もずっと続けていきたい。楽しかったことも悲しかったことも全部私の未来につながっていると思う。だから、その歳、その歳の自分の証を腕時計に託していこう。

たか君へ

たか君と20歳の誕生日に買った時計は、今でも私の腕で時を刻んでいるよ。
たか君との思い出があるこの時計は、これからもずっと大切にしていくからね。
もう会えない二人かもしれないけど、お互いが幸せな時間を送れるよう願ってます。

k・iyoyo（21歳／女性）

あなたの命は地球全体の財産なのだから

人は、過去・現在・未来の三世に渡り生きている、という言葉を耳にしたことがある。今、この瞬間の一秒前には生きていた→過去。今、この瞬間を生きている→現在。この二つの意味は理解できたような気もするが、未来に生きているという言葉だけはどうしてもわからなかった。ほんの一秒先の未来であっても、100%生きているとは限らないではないか。そんなふうに思っていた。

この言葉を聞いた数年後に私は三人の子供を産み、そのうちの二人を亡くしてしまった。亡くしてしまってから何度も思ったことは、「過去に戻りたい」だとか「あのときああしていれば」という後悔ばかり。そんな悲しみの真っ只中で、ふとあの言葉を思い出した。

「人は三世に渡り生きている」

亡くなってしまった子供たちは、過去に確かに生きていた。そして、今でも二人は私のなかで、そして二人を愛してくれた人たちのなかで生きている。

そして、「未来」。肉体がなくなってしまったあとの未来には、二人はどこかで誰か別の人間として生まれ変わり、今この瞬間を生きているのではないか、そんな考えが私のなかで生じた。

「未来に生きる」という言葉の正しい答えを、私は知らない。けれど、その言葉の意味を、悲しみを乗り越えたとき、体で感じた気がする。
今という時を精いっぱい生きるということが、過去にも未来へもつながっているのかもしれない。

大好きな子供たちへ
　短いあいだではあったけれど、かけがえのない時間をありがとう。そして、生きる意味を教えてくれてありがとう。

はるたんママ（25歳／女性）

あなたの命は地球全体の財産なのだから

サンタさんからのクリスマスプレゼントを開ける時の子供たちの緊張した顔と、開けた時の満面の笑み。
そんな一瞬の表情を見たいのでこれからもサンタさんを続けようと思う。

香野子、琢磨へ
いつまでサンタさんを信じてくれるかな。
これからもいろんな表情を見せてちょうだい。

nobsato（30歳／男性）

セイコーウオッチ株式会社のブランドメッセージを体験・共創できるサイト「DESIGN YOUR TIME.」では、「時」にまつわるエピソードを募集・公開しています。

本書の各エピソードは、2006年1月1日8時59分60秒 あるはずのなかった一秒「うるう秒」をきっかけに、それぞれの「時」について見つめ直した人たちが、セイコーウオッチ株式会社のWEBサイトに投稿した真実の物語です。

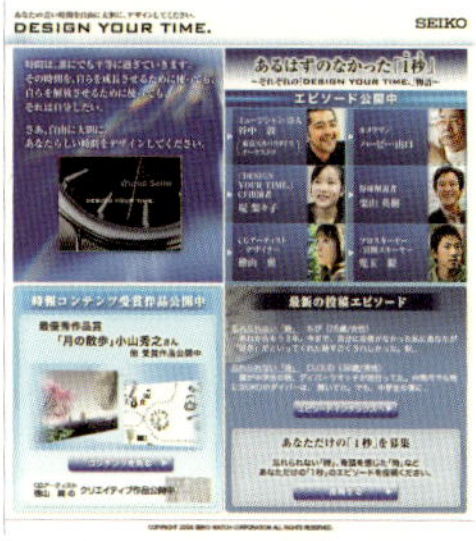

http://www.designyourtime.jp

プロレクサス株式会社

「インターネットにもっと感動を」をテーマに、感動共創ＷＥＢプロジェクト事業として、みんなの”自分“物語や企業ブランドが感動を共創するブランディング、プロモーション、コミュニティ、コマースのコンサルティング、プロデュース、プラットフォーム構築を行っています。

http://www.prolexus.jp

自社の感動共創メディアには、日本のモノづくりのプライドと感動を共創する
「PRIDE OF JAPAN」
”自分“物語のエピソードに共感したクリエイター達の共創作品リミックス空間
「CoCre（コクリ）」があります。

コクリの時間　～DESIGN YOUR TIME.～

発行日	2006年6月10日　第1版　第1刷　発行
編著者	プロレクサス株式会社
発行人	原田英治
発行	英治出版株式会社 〒150-0022 東京都渋谷区恵比寿南1-9-12 ピトレスクビル4F TEL: 03-5773-0193 FAX: 03-5773-0194 URL http://www.eijipress.co.jp/
印刷・製本	株式会社シナノ
企画・プロデュース・編集	渡邉聡 / 三宅博子
デザイン・装丁	中尾知加 / 小林健 / こばやしゆかり
写真	ハービー・山口　Except：P65、P95、P141
出版プロデューサー	大西美穂
スタッフ	原田涼子 / 秋元麻希 / 鬼頭穣 / 高野達成 / 秋山仁奈子
協力	セイコーウオッチ株式会社

[検印廃止]　ISBN　4-901234-83-8　C0095